大本彩圖版

中日對照　單字註釋　朗讀MP3

一次提升日語 聽・說・讀能力

日語閱讀越聽越上手

日本經典怪談

笛藤出版

北田夏己——著

藍嘉楹——譯

九子——繪

前言

想加強語文能力，最重要的就是持之以恆的學習，因此培養良好的學習興趣可說是相當關鍵的！而人往往都會受到好奇心的驅使，而被神祕、不可思議的事情吸引，利用這個特性，我們將日文學習融入於日本怪談之中，希望以怪談的魅力來激發讀者的學習意願、將學習變得更加有趣。

本書收錄十篇大家耳熟能詳的日本怪談，每篇都是百讀不厭的經典之作。讀者可以透過閱讀學到單字、文法、句型的運用，同時搭配情境配樂中日朗讀 MP3 訓練聽力，最後再延伸到朗誦讓日語發音更加自然標準，一次達到聽說讀的學習！

衷心期盼本書能幫助讀者有效地提升日語能力。另外，在閱讀日本經典怪談的同時，也能認識到日本的傳統文化，讓學習不侷限於語言的方面，進而培養出興趣，如此一來學習更能夠持之以恆。最後，就讓我們來一探魑魅魍魎的不可思議世界吧！

♪ MP3 音檔請至下方連結或掃 QR Code 下載

http://bit.ly/DTJPStory

★請注意英文字母大小寫區別★

中文翻譯

MP3音軌

單字文法解說

日文本文

使用説明

一、用耳朵聆聽，初步理解內容

　　每篇故事右上角都有音軌標示，可依喜好選擇想播放的篇章，當音樂開始播放時，不妨闔上書本，豎起耳朵，隨著朗讀聲進入怪談的情境之中。

二、先閱讀日文本文，再看中文解釋

　　聽完故事了解大致內容後，可翻開書本確認剛剛聽不懂的地方。建議先試著閱讀日文，再去看中文解說和中文翻譯，以訓練閱讀日文的速度。

三、查看單字與句型

　　若有不懂的單字或句型時，可參考單字文法解說，或查詢字典，並將意義和用法牢記在心，增加日語字彙量！

四、跟著 MP3 一起大聲朗讀

　　最後，當熟悉並理解故事內容時，能再播放一次 MP3，試著發出聲音與日語配音老師一起朗讀，使發音更正確！

目次

牡丹灯籠
ぼたんとうろう

01 牡丹灯籠（ぼたんとうろう）

昔々、悪者を①斬り殺しても、全く動じることのない飯島平左衛門という男は、水道端の②旗本の女との間に、それはそれは可愛らしい娘を③授かりました。

その名をお露と命名しました。

お露は④一人っ子で、⑤器量も良く、周りから⑥大層⑦可愛がられ、何⑧不自由無く育てられました。

しかし幸せというのは長くは続かず、お露が十五の時に亡くなってしまいました。そして時は過ぎ、お露は十六の春を迎えました。

さて、根津という所に萩原新三郎という、毎日家で学問の本を読んでいる⑨根っからの真面目で、男も⑩惚れ惚れしてしまう二十一歳の美男子がいました。

そこへ山本志丈という⑪町医者が訪ねてきました。

「新さん、部屋に⑫篭って勉強⑬ばかりしていないで、⑭たまには⑮気晴らしに飯島平左衛門の娘のお露さんという、それはそれは⑯べっぴんさんのお顔でも⑰拝んでいきましょう。」

◆字

① 斬り殺す…砍殺、砍死。

② 旗本…①戰場備可與將軍見面資格武士。在此為②的意思。

③ 授かる…得到、被賜予。

④ 一人っ子…獨生子、獨生女。

⑤ 器量…①可勝任某事的能力與品格。②指男子的才德與氣度。③指女子的美貌。在此為③的意思。

⑥ 大層…非常。形容程度很高。

⑦ 可愛がる…寵愛。

⑧ 不自由…不方便、拘束。

⑨ 根っから…①一開始、本質、原本的樣子。②完全。後面常接否定。在此為①的意思。

牡丹燈籠

很久以前，有一位名叫飯島平左衛門的男人。他即使斬殺了惡人，也絲毫不為所動。他和水道端的旗本家之女生了一位可愛的女兒。

這個女兒被取名為阿露。身為獨生女的阿露，容貌出眾，備受周圍的人疼愛，從小在無拘無束的環境下長大。

但幸福的日子並沒有持續很久，阿露的母親在她十五歲時過世了。光陰飛逝，阿露也迎接了十六歲的春天了。

話説根津這個地方，有位每天都在家中讀書，名叫荻原新三郎的男子。他天性勤奮，是位連男人都會對他一見鍾情的美男子，年方二十一歲。

某天，鎮上有位名為山本志丈的醫生來拜訪他。

「阿新，你不要老是關在房間裡唸書，偶爾也出門散散心，和我一起去看看飯島平左衛門的女兒阿露吧！人家可是個大美女呢。」

⑩ 惚れ惚れする…為之傾心。

⑪ 町医者…鎮上的醫生。

⑫ 篭る…關在家裡、封閉。

⑬ ばかり…①只是、光是。②剛剛。在此為①的意思。

⑭ たまには…偶爾。

⑮ 気晴らし…散散心。

⑯ べっぴん…美女。

⑰ 拝む…①參拜神佛。②見（看）的謙讓語。在此為②（看）的意思。

こうして二人はお目当ての屋敷へ行きました。志丈はお屋敷に着き、

大きな声で「ごめんください。」

それを聞いた女中①のお米が出てきて、「②ご無沙汰です。」「お米

さん、今日は親友の新三郎さんを連れてきました。」

その様子を障子の隙間から③覗いていたお露は、新三郎の顔を見るや

否や顔を真っ赤にし、息を飲んでしまいました。そして胸の④鼓動が激

しくなり、障子を⑤ぱたんと閉めてしまいました。

於是，兩人便朝著阿露的家出發了。抵達阿露的宅邸後，志丈大

聲問道：「請問有人在家嗎？」

女侍阿米聽到後，跑出來應門，出聲招呼：「好久不見了。」「阿

米，今天我帶著我的好朋友新三郎來了。」

阿露從紙門的縫隙一窺外面的動靜，她一瞧見新三郎的臉，瞬間

羞得滿面通紅，連呼吸都忘了。她的內心出現了強烈悸動，啪地一聲

把紙門緊緊關上了。

◆ 字

① 女中（じょちゅう）：①幫傭或在宮中處理雜事的女子。②旅館、餐廳裡負責雜物的女侍。在此為①的意思。

② ご無沙汰（ぶさた）：好久不見。

③ 覗く（のぞく）：（從縫、孔）窺視、偷窺。

④ 鼓動（こどう）：因情緒起伏，心臟撲通撲通地跳動。

⑤ ぱたんと：狀聲詞，啪搭一聲。

◆ 句

○ や否や（いなや）：①兩個動作之間幾乎同時、立刻發生。②詢問意見或表示不確定。在此為①的意思。

○ 息を飲む（いきをのむ）：受到極大的驚嚇而瞬間屏住呼吸。

三人はその様子が可笑しくて、①げらげらと②笑い転げてしまいました。そして、志丈が「今日は新三郎さんをお露さんに紹介しようと思いまして。」と、お露にわざと聞こえるように大声で言いました。

そして新三郎とお露は紅梅のように顔を真っ赤にしながら、四人で④他愛も無い話をしました。

お露は恥ずかしそうにしながら、顔を③ちらっとこちらに見せました。

時間は⑤あっという間に過ぎ、気づけば空は⑥燃え立つような赤さとなっていました。

志丈は「そろそろおいとましましょう。」と帰る⑦支度を始めました。

それを見たお露は「新三郎様、また是非いらして下さい。」とやっとの思いで声に出しました。

新三郎も新三郎で、嬉しくて嬉しくて、もういつ死んでもいいくらいの気持ちになっていました。そして、お露も「もし来て下さらなければ、私死んでしまいます。」と二人で別れを惜しみました。

◆字
① げらげらと…哈哈大笑。
② 笑い転げる…笑翻了、笑得前俯後仰地。
③ ちらっと…瞬間、短時間。
④ 他愛もない…無關緊要的。
⑤ 気づける…發現、注意到。
⑥ 燃え立つ…形容火勢很大。
⑦ 支度…事前的準備。

◆句
○ ～そうに…好像～的様子。
○ あっという間に…很短的時間、彈指之間。
○ おいとまする…我先告辭了。謙譲語。

其他三個人覺得阿露的樣子很滑稽，忍不住哈哈大笑，笑得東倒西歪。接著，為了讓

阿露也聽得到，志丈故意大聲說道：「我今天想把新三郎介紹給阿露小姐認識。」

阿露雖然很難為情，卻還是轉過頭來，微微露了臉。接著新三郎和阿露都一邊紅著像

紅梅似的臉，四人一同閒話家常。

時間轉眼即逝，等眾人回過神來，天色已經轉紅，宛如燃燒的火焰。

志丈說：「我們差不多該回去了。」便開始收拾東西，準備回去。

阿露看在眼裡，最後好不容易說出自己的心意：「新三郎

大人，請您下次一定還要再來。」

新三郎的反應也不遑多讓，開心之情溢於言表，甚至覺得

已死而無憾。接著阿露又說：「如果您不再來的話，我就活不

下去了。」說完，兩個人才依依不捨地道別。

さて、それからというもの新三郎は、寝ても覚めてもお露のことが忘れられず、食欲も無く、生きた①心地もしない毎日を送っていました。

そこへ新三郎の②店子の伴蔵がやってきました。

新三郎はちょうどいい所に来たと思い、「伴蔵、釣りに連れて行ってくれないか。」と③持ちかけました。

元々釣りが好きではない新三郎が急にそんなことを言い出すのは不思議なことだと思いながらも、④旦那の為ならと思い、すぐに舟を出しました。

伴蔵は釣りに夢中になり、そして日が暮れ、辺りが暗くなってきました。

⑤ゆらゆらと舟に乗っていると、新三郎は「少しそこで待っていてくれ。」と言いました。

そして、伴蔵は岸に舟をやり、新三郎は屋敷の中に入って行ってしまいました。

自此之後，新三郎日日夜夜心裡都忘不了阿露，他食不下嚥、睡不著覺，每天都過得毫無生氣。

就在此時，新三郎家的房客伴藏來訪了。

新三郎心想伴藏來得正是時候，主動邀他：「伴藏，你能不能帶我去釣魚啊？」

伴藏雖然覺得，原本不喜歡釣魚的新三郎，突然說出此話很不尋常，但是為了老爺，他還是馬上把船划了出去。

伴藏一心專注在釣魚上，接著暮色已沉，四周也變暗了。

坐在悠悠晃晃的小船，新三郎對伴藏說：「麻煩你在這裡等我一下。」

接著伴藏把船停在岸邊後，新三郎走進了一間屋宅。

◆ 句

○ 心地⋯心情、想法。

② 店子⋯房客。

③ 持ちかける⋯提議、邀請。

④ 旦那⋯①老闆。②老公。在此為①的意思。

⑤ ゆらゆらと⋯①搖搖晃晃地。②慢慢地。在此為①船搖搖晃晃的意思。

○ それからというもの⋯在那之後。

○ 舟を出す⋯將船開出。

○ 夢中になる⋯對⋯⋯入迷、著迷。

○ 日が暮れる⋯天色暗了。

そこはお露の居るお屋敷でした。そして、恐る恐る障子を開けると、お露も新三郎と同じ想いで①しくしくと泣きながら、座っていました。

「お露さん！」

お露は余りにも新三郎を想い過ぎて、幻覚まで見えてしまったのかと目を何度も②こすりましたが、やはりそこにははっきりと新三郎の姿がありました。

新三郎は、声をひそめて「気持ちが抑えられずに、会いに来てしまいました。」「そんな。」と顔を赤らめ、そして二人は抱き合ったまま蚊帳の中に入って行きました。

そして時間を忘れ、二人の時間を過ごしていると、③次第に辺りが明るくなり始めたことに気づき、慌てて帰ろうとしたところ、「これはお香を入れる箱です。」とお露は新三郎の手に握らせました。

「これを私だと思って大切にして下さい。」そして、その手を握り、帰るのを惜しんで、さらに時間が経つと、「何者だ！」と④張り裂けるような声が屋敷中に広がりました。

那間屋宅就是阿露的家。他戰戰兢兢地拉開阿露房間的紙門，看到阿露和自己一樣飽受思念對方之苦，正抽抽噎噎地坐著哭泣。

「阿露小姐！」

阿露因為過於思念新三郎，以為自己甚至看到了幻覺，忍不住揉了好幾次眼睛，最後才終於確認那就是新三郎本人。

新三郎壓低了聲音說：「我壓抑不住自己的心情，前來與妳相見。」阿露羞紅了臉回答：「您竟然為了我……。」接著兩人便相擁著鑽進了蚊帳。

兩人共度春宵，忘了時間的流逝。突然發覺天色已逐漸發白，新三郎急忙準備回去時，阿露將一樣東西塞進新三郎手裡，告訴他：

「這個盒子裡面裝著香。」

「請您把它當作是我的分身，好好珍惜。」她緊緊握住新三郎的手，捨不得他即將要離去；過了一段時間之後，他們聽到有人用力扯開喉嚨大吼：「是誰！」那個聲音響遍整間房子。

◆句

① しくしくと…①（哭聲）。②（肚子）隱隱作痛。在此為①的意思。

② こする…搓、揉、摩擦，在此為揉眼睛的意思。

③ 次第に…逐漸（由小變大）。

④ 張り裂ける…裂開、爆裂。

○ 余りにも～…太過～。

○ 声をひそめる…壓低聲音、降低說話音量。

○ 気持ちが抑えられず…無法壓抑住自己的心情。

○ ～とする…正準備要做……。前接動詞意向形。

① 見上げるとお露の②父上、平左衛門が刀を手に持ち、③丸で鬼のような④形相で立っていました。新三郎は慌ててお露の手を離し、逃げ出そうとしましたが、お露は「⑤呼び寄せたのは私です。切るのでしたら、私を。」とやっとの思いで声に出しました。

しかし、平左衛門は「生かしてはおけん。」と新三郎に向かって刀を⑥振り下ろしました。

お露が新三郎の前にさっと身を出し、新三郎が目を開けるとお露の首が⑦ごろんと転がっていました。

両人抬頭一看，阿露的父親平左衛門手裡拿著刀，一臉凶神惡煞地站著。新三郎連忙放開阿露的手，打算奪門而出，而阿露用盡全力地說：「叫他來的人是我。如果要殺，就殺我吧。」

即使如此，平左衛門還是大喝一聲：「我可不能饒他一命。」朝著新三郎揮刀而下。

阿露立刻挺身而出，擋在新三郎面前。等到新三郎睜眼一看，只見阿露的人頭已滾落在地上。

◆ 字

① 見上げる…向上看。

② 父上…自己父親的稱呼。

③ 丸で…簡直就像是。

④ 形相…面孔、面容。

⑤ 呼び寄せる…叫到身邊來。

⑥ 振り下ろす…（刀等）砍下、揮下。

⑦ ごろんと…狀聲詞，翻滾的聲音。

◆ 句

○ やっとの思いで…花費了長期的努力，好不容易才……。

○ ～に向かって…往～的方向。

16

そしてさらに刀が新三郎の首に振り下ろされかけたところ、「旦那様、旦那様。」

目を開けると平左衞門ではなく、伴蔵の顔がこちらを見ていました。

「ひどく①うなされていたようですが、どうなさいましたか？」

新三郎が自分の首が切られていないことを確かめていると、伴蔵は

「ひどい夢でも見たんでしょう。」と笑っていました。

新三郎も夢だったのかと安心し、ふと自分の釣竿に目をやると、そこには釣竿ではなく、お香を入れる箱が置いてありました。

新三郎はお露の夢を見てからというもの、今までにも増して②いとおしくて、夜もろくに眠ることもできない毎日を過ごしていました。そんな中、③ひょっこりと山本志丈が訪ねてきました。

「急にお訪ね④なさってどうしたんです？」

「それが、その、この前お会いしたお露さんのことで……。」

◆字

① うなされる…因惡夢而呻吟。

② いとおしい…①可憐的樣子。②可愛得叫人想珍惜、疼愛。③覺得困擾、痛苦。在此為②的意思。

③ ひょっこりと…突然地。

④ なさる…（なる、する）的敬語，「做」的尊敬用法。

◆句

○ 目をやる…看了一下。

○ ろくに～ない…沒有好好地、沒確實地。

18

正當阿露的父親打算揮刀砍向新三郎的脖子時，新三郎的耳邊傳來了⋯「老爺、老爺！」的叫喊聲。

新三郎睜開眼睛一看，映入眼簾的不是平左衛門，而是正望著自己的伴藏。

「我聽到您在睡夢中叫得很大聲，您是怎麼了嗎？」

新三郎摸摸自己的脖子，確認沒被砍斷。伴藏見狀便笑著對他説：「您應該是做了很可怕的惡夢吧。」

新三郎知道是夢，這才安心下來；他不經意地瞄向自己的釣竿，結果看到的不是釣竿，而是一個裝著香的盒子。

自從新三郎夢見了阿露之後，對阿露的思慕之情變得比以前還要濃，每天都過著徹夜難眠的日子。就在此時，山本志丈突然來訪。

「突然來找我，有什麼事嗎？」

「我今天是為了阿露小姐的事，所以才⋯⋯。」

新三郎はまたお露に会えるのかと目を①きらきらとさせましたが、「亡くなりました。」と志丈が言いました。新三郎は志丈が何を言っているのか理解ができ②ず、③ぽかんと口を開いて④呆然としていました。

新三郎の反応を⑤確かめてもう一度、「お露さんは亡くなりました。」

「どうしてそんな嘘を?」

「実はお露さんは平左衛門の家計を守る為に、⑥半ば⑦無理矢理別の人と結納をさせられていたのです。しかし、お露さんはあなたのことを思うばかり、結納相手との⑨交遊は⑩上の空。」

「しかし、もしそれが平左衛門に知られたら、あなたが切り殺されてしまうとお米が察し、あなたのことは忘れられるように⑪言い聞かせました。

ところが、⑫お露さんはあなたと会えないくらいなら死んだ方がましだ、そうすればあなたも切り殺されることは無いと言い残し、⑬自ら死をお選びになったそうです。その後お米も後を追うようにこの世を去ったとのことです。」

◆字

① きらきら…閃耀，在此形容眼神因期待而閃爍。

② ず…「ない」的文章用語，表示否定的意思。

③ ぽかんと…愣住的樣子。

④ 呆然…茫然、呆住地。

⑤ 確かめる…確認、弄清、查明。在此為確認之意。

⑥ 半ば…①一半。②中央、中間。③正在進行中。④中途。在此為①的意思。

⑦ 無理矢理…強迫的、強行。

⑧ 結納…訂婚。

⑨ 交遊…交往、交際。

⑩ 上の空…無心理睬、不理會。

新三郎的眼神為之一亮，以為自己又能和阿露相見了。但志丈卻說：「她過世了。」新三郎一時無法理解志丈說的話，張著嘴，一臉茫然。

為了確認新三郎的反應，他又說了一次：「阿露小姐過世了。」

「你為什麼要說這種謊話？」

「其實，阿露小姐為了維持平左衛門家的家計，被半強迫地和別人訂下婚事。但是阿露小姐一心只想著你，和訂婚的對象往來時，都一副心不在焉的樣子。」

「阿米猜想要是你和阿露小姐的事被平左衛門知道了，他很可能會來殺了你，所以她一直勸阿露小姐趕快忘了你。但是，聽說阿露小姐說若再也見不到你，她寧願死，而且這樣一來你也不會被殺。說完這些話後，她就自我了斷了。隨後，阿米也跟著她的腳步，踏上了黃泉路。」

⑪ 言い聞かせる：①説給對方聽。②勸告、訓誨。在此為②的意思。

⑫ ところが：可是、然而。

⑬ 自ら：親自、親身、自己。

◆ 句

○ ～方がましだ：比起……還寧願……。

○ 後を追う：跟隨在後。

新三郎は、①頷く元気もなく、ただただ呆然と②立ち尽くしていました。志丈もこれ以上何を言ってもどうしようもないと思い、帰って行ってしまいました。

一人残された新三郎の頭の中には、お露さんの「もし来て下さらなければ、私死んでしまいます。」という言葉が何度も何度も③響き渡っていました。

新三郎はそれからというもの、生きた心地がせず、三日三晩何も食べずに、ただただ部屋の中で④ぼんやりと過ごしていました。

ある日の夜遅く、寝ているところに、⑤カランコロンという⑥駒下駄で歩く音がこちらに近づいてきました。

こんな夜中に誰が歩いているんだろうと思って聞いていたところ、ちょうど部屋の前でその音が⑦鳴り止みました。

そして障子が灯籠の⑧灯火で⑨とうとうと燃えるような明るさになっていました。

◆字

① 頷く…點頭，表示理解。

② 立ち尽くす…佇立不動。

③ 響き渡す…充滿了～的聲音、響徹。

④ ぼんやり…①模模糊糊。②呆傻的（人）。③發呆、心不在焉。在此為③的意思。

⑤ カランコロン…狀聲詞，木屐行走聲。

⑥ 駒下駄…（用一小塊木頭加工而成的）低齒木屐。

⑦ 鳴り止む…聲音停止了。

⑧ 灯火…燈火、燈光。

⑨ とうとう…很盛大、劇烈的樣子。在此形容拉門被燈火照得十分光亮的意思。

新三郎連點頭的力氣也沒有，只是茫然地站在那久久不動。志丈心想即使再説什麼也是枉然，於是就回去了。

被獨自留下來的新三郎，腦海中不斷迴盪著阿露曾説過的話：

「如果您不再來，我就活不下去了。」

從此之後，新三郎過得毫無生氣，一連三天三夜什麼也沒吃，只是失魂落魄地待在房裡。

某天深夜，當新三郎在睡覺的時候，傳來一陣陣踩著木屐的腳步聲，喀啦喀啦地朝這裡走來。

新三郎正想著是誰半夜還在路上行走時，腳步聲剛好到房門前就嘎然而止。

接著，紙門也被燈籠的燈火照得有如在燃燒般明亮。

◆ 句

○ どうしようもない…也沒有用處、也不會有任何的幫助。

○ 〜ているところに…正當在做某事的時候。

新三郎が恐る恐る障子を開けると、そこには①なんとお露とお米が居るではありませんか。

新三郎は思わず声を上げ、「あ、お露さん。」

「萩原様。」

新三郎は目を何度もこすってみましたが、やはり目の前にはお露とお米が居ました。

「お二人はお亡くなりになったと聞いていましたが。」

「何をそんな。まだこのように生きていますよ。」

お露はおかしそうに笑っていました。

新三郎も、生きていたのならそれ以上②問い詰める必要もある③まいと思い、「どうぞお部屋へ。」とお露さんとお米を部屋の中に入れました。

◆字

① **なんと**：①如何、怎麼樣。②多麼、竟然、為表示讚嘆或失望時的用語。③為什麼、怎麼會。在此為②的意思。

② **問い詰める**：追問、盤問。

③ **〜まい**：否定之意，表示不……、沒有。文章用語。

新三郎緊張兮兮地拉開紙門一看，站在門外的可不是阿露和阿米嗎？

新三郎不由得大喊：「阿、阿露小姐。」

「荻原大人。」

「我聽說妳們兩位已經過世了……。」

「您說的那是什麼話啊？我們還活得好好的啊。」

阿露覺得很可笑似地笑出聲來。

新三郎也覺得既然人還活著，就沒有必要繼續追問下去，所以讓阿露和阿米進了房間：「請進房間來。」

新三郎はお露と再会できて、まるで夢を見ているようでした。

それからというもの、毎晩毎晩お露とお米は新三郎の部屋へ訪れては、楽しい夜を過ごしていました。

ある日の晩、伴蔵は新三郎の部屋から女の声が聞こえてくるという①噂を聞き、どんな女か確かめてやろうと②そっと新三郎の部屋の前まで来ました。

そして、③案の定新三郎と女の楽しそうな声が聞こえてきたので、そっと障子の隙間から覗いてみました。④すると、女を抱きながら、⑤なんとも幸せそうな顔をしている新三郎が見えました。

「全く旦那様ときたら。」と羨ましそうに⑥暫く覗いていると、次は女の顔がこちらを向きました。そうしたら、どうしたことでしょう。

その女の顔というのは、いや、顔というものではなく、真っ白の肉、肉というより骨と言った方が正しいかもしれません。

何と新三郎は⑦骸骨と抱き合っているのでした。

◆字

① 噂…議論、閒話、謠言。

② そっと…悄悄地。

③ 案の定…果然、不出所料。

④ すると…①於是，為表示順序承接的連詞。②那麼，為表示由前面的事情而推論出的結果。在此為①的意思。

⑤ なんとも…①非常、實在。②無關緊要。在此為①的意思。

⑥ 暫く…暫時，一會兒的時間。

⑦ 骸骨…白骨，沒有肉只剩下骨頭的身軀。

◆句

○ ～ときたら…若説到～。前方加名詞。

○ というより…與其説是……。

能夠和阿露重逢，新三郎覺得自己好像在做夢。

從此之後，阿露和阿米每天晚上都會前來造訪新三郎的房間，共度快樂的夜晚。

某天晚上，伴藏因為聽到從新三郎的房間傳出女子說話聲的傳聞，決定前去一探對方是位什麼樣的女子，於是他悄悄地來到新三郎的房門口。

不出所料，確實聽見了新三郎和女子開心談笑的聲音。於是，他就悄悄從紙門的隙縫往內窺探。他看到新三郎摟著女人，同時臉上還掛著幸福不已的表情。

伴藏心想：「哎呀，老爺真是的。」羨慕地偷看了一會兒，這時女子把臉朝這邊轉了過來。接著，這是怎麼回事呢？那位女子的臉，不、不能稱之為臉，而是雪白的肉，也不對，應該說是骨頭或許比較正確。

沒想到，新三郎竟是和一具骨骸互相擁抱著！

〜かもしれません：也許、可能。

伴蔵は①震え上がり、②一目散に逃げて帰っていきました。

どこをどう走って帰ったのか全く覚えておらず、気づいたら伴蔵は自分の部屋に居ました。伴蔵は布団の中に③もぐり、朝が明けるのをただただ待ちました。

そして朝日が昇るとともに、隣に寝ている妻のお峰に声もかけず、④人相見の白翁堂勇斎の所へ行きました。

「せ、先生、大変です。」

「こんな朝早くにどうしたと言うのじゃ。」

「それが、萩原様の部屋に女が毎晩⑤泊まりに来ているんです。」

「新三郎だって男だ、女が泊まりに来るくらい悪いことでもなかろう。」

「いや、その女が女ではなく、その、人ではないのです。」

「ところで、どうしてお前さんは新三郎の部屋を覗いておったんじゃ。」

伴藏嚇得渾身打顫，一溜煙地逃走了。

伴藏完全不記得自己是往哪跑？以及如何跑回來的？只知道回過神來，才發現已身在自己的房間了。伴藏鑽進被窩裡，一直等待天亮的那一刻。

隨著太陽升起後，他沒有知會在一旁睡覺的妻子阿峰一聲，就直接去找面相師白翁堂勇齋了。

「大、大師，事情不好了。」

「怎麼啦？一大早的。」

「有位女人每天晚上都會在荻原大人的房間留宿。」

「新三郎也是男人，有女人來留宿也不是壞事吧。」

「但是那個女人不是女人啊，她、她根本不是人。」

「話說回來，你為什麼會去偷看新三郎的房間呢？」

◆ 字

① 震え上がる：發抖，驚嚇至極。

② 一目散：一溜煙地。

③ もぐる：①潛入（水中）②鑽、鑽進。③潛伏活動。在此為②的意思。

④ 人相見：看面相的人、算命師。

⑤ 泊まる：①過夜住宿。②船隻停泊。在此為①的意思。

◆ 句

○ とともに：①同時，表示A變化了，B也隨即跟著變化或行動。②一起。在此為①的意思。

「いや、その、少し萩原様が心配になりまして。」

「まあよい。」

そして伴蔵は新三郎の部屋で見たことを①一切合財話しました。

それを聞くうちに勇斎の顔が②みるみる変わり、「このままでは危ない。一度新三郎を見てみないといけないな。しかしこのことは誰にも言うんじゃないぞ。」

「もちろんです。③かみさんにだって言ってないんですから。」

そして、④すっかり明るくなってくると、勇斎は伴蔵を連れて、新三郎の部屋へ行きました。

「何のご用でしょう?」

「まあまあ。」と言い、勇斎は部屋に入るや否や新三郎の顔を⑤天眼鏡で見始めました。

「⑥やはり死相が出ておる。」

「不是啦，那個，因為我有點擔心荻原大人的狀況。」

「嗯，罷了。」

於是，伴藏一五一十地說出他在新三郎房裡看到的一切情景。

聽著聽著，勇齋的臉色逐漸改變，他對伴藏說：「再這樣下去很危險。我得去見新三郎一面才行。不過，這件事你可不能向任何人提起。」

「當然了。我連我老婆都沒提。」

等到天色完全變亮，勇齋便帶著伴藏一起去新三郎的房間。

「請問有什麼事嗎？」

勇齋回答：「有點事。」一進入房間，馬上用放大鏡看起新三郎的臉。

「果然出現死相。」

◆ 字

① 一切合財（いっさいがっさい）：全部、所有的一切。

② みるみる：眼看著、轉眼間、很快地。

③ かみさん：①妻子、太太。②老闆娘。在此為①的意思。

④ すっかり：完全、全部。

⑤ 天眼鏡（てんがんきょう）：①看面相用的凸鏡。②望遠鏡。在此為①的意思。

⑥ やはり：①仍然、照舊之意。②還是、畢竟。③果然。在此為③的意思。

「朝早くに①いきなり来られて死相が出ていると言われても。」

「②真夜中に通ってくる女が原因だ。」

「その女は何も悪いことはしていないですよ。」

「その女は生きている女ではない。③死霊だ。」

「④まさか。」

「伴蔵が言うには、お前さんは真っ白な骸骨と抱き合っておったとか。」

「まさか。」

「そんなこと言われても、⑤納得できない。」

「それならば、お露とお米のお墓に行ってみると良いだろう。」

新三郎は昨晩のことを思い出し、あのお露の手の⑥ぬくもりが⑦偽りのはずがない⋯⋯と思い、⑧早速お墓の場所を教えてもらい、行きました。

◆ 字

① いきなり⋯突然、冷不防。

② 真夜中⋯深夜的時候。

③ 死霊⋯人死去的靈魂。

④ まさか⋯難道、不會吧、不可能吧。（吃驚懷疑的樣子。）

⑤ 納得⋯理解、同意。

⑥ ぬくもり⋯溫暖。這裡指手溫的意思。

⑦ 偽り⋯謊言、假象。

⑧ 早速⋯立刻、馬上。

◆ 句

○ はずがない⋯覺得不可能有這樣的事。

32

「一大早就突然不請自來，還說出現死相是什麼意思啊？」

「原因出在每天半夜都會來找你的女人。」

「那個女人又沒做什麼壞事。」

「那個女人不是活人，是亡靈。」

「怎麼可能。」

「我聽伴藏説，你和一具雪白的骨骸抱在一起呢。」

「就算聽你這麼説，我還是覺得不可能。」

「既然如此，你就去阿露和阿米的墳墓看看吧。」

新三郎回想起昨晚的經過，覺得阿露手心的溫度應該不可能有

假，所以趕緊問了墳墓的位置，前去確認。

しかし、教えられた場所に行きましたら、やはりお露とお米のお墓が①しっかりと立ててありましたら、やはりお露とだったのか。」そしてすぐに勇斎にこのことを報告し、「やはり幽霊

「今夜も、その女は来るでしょうか。どうしたらいいんでしょう。」

「新幡随院に和尚がおる。手紙を書いてあげるからそこに相談すると良い。」と教えられ、早速新幡随院へ走って行きました。

着いた途端、すぐに中に案内されました。「お前さんが萩原新三郎さんかな。」「はい、手紙にも書いてある通り、死霊に③取り付かれております。死霊を④払って下さい。」和尚は新三郎の顔を見るや否や、「やはり死霊が取り付いておるようじゃの。

「よし。⑤お札を渡すから、これを家中あちこちに貼って幽霊が入って来れないようにすると良い。」それから夜になったら、⑥お経を⑦一心に読むと良い。」

そしてお経を⑧唱え始めました。新三郎は礼を言って、早速部屋に戻り、日が暮れる頃には、言われた通りお札をあちこちに貼り、

但是，一到那裡，果真豎立著阿露和阿米的墓碑。「難不成我看到的真的是幽靈嗎？」於是他馬上向勇齋回報這件事，並且請教他：

「今晚那個女人也會來嗎？我該怎麼辦才好呢？」

「新幡隨院有位和尚可以幫你。我會幫你寫封信，你可以找他商量。」新三郎聽聞後，立刻跑到新幡隨院去了。

他一抵達，就馬上被帶進寺內。「你是荻原新三郎嗎？」「是的。」

正如信上所寫的，我被亡靈附身。請您幫幫我驅除亡靈吧。」和尚一看新三郎的臉，馬上告訴他：「你果然被亡靈附身了。這樣吧，我給你一些符咒。你把這些符咒貼在家中各處，只要讓幽靈進不來的話就沒問題了。除此之外，到了晚上，你一定要專心唸經。」

新三郎道了謝，馬上回到自己的房間。等到天色暗下來，他立刻按照吩咐，在房間的每處貼上符咒後開始唸經。

◆字

① しっかり…①堅固、牢牢地。②健壯地。③可靠地。在此為①的意思。

② 通り…①依照、同樣。②大道、馬路。在此為①的意思。

③ 取り付く…①纏住。②抱住。③開始。在此為①的意思。

④ 払う…①趕走、祛除。②支付、付出。在此為①的意思。

⑤ お札…神符、護身符。

⑥ お経…佛經。

⑦ 一心…專心一致。

⑧ 唱え始める…開始唸誦。

◆句

〇 ～た途端…一……就……。

そして夜が更けると、いつものようにカランコロンと音が鳴り、こちらに向かってきました。障子が灯籠で明るくなり、お露とお米の声が聞こえてきました。

「お嬢様、家のあちらこちらにお札が貼ってあります。」「あれほど約束をしたのに。」とお露の泣き声が一晩中聞こえ、新三郎は①どうやら萩原様は②心変わりをされたようです。」「あれほど約束をしたのに。」とお露の泣き声が一晩中聞こえ、新三郎は心が張り裂けそうな思いで、それでもなおお一心にお経を唱えていました。伴蔵が新三郎がなんとか無事に死霊から逃れられたと安心し、夜寝ていたところ、カランコロンと音が鳴るではありませんか。

伴蔵はまさかと思い、布団の中にもぐっていましたが、③怖い物見たさの気持ちが抑え切れず、そっと布団の外を見てみると、そこにはなんとお露とお米が座っていました。伴蔵はあまりの怖さに腰が抜けてしまい、「南無阿弥陀仏、南無阿弥陀仏。」と唱えました。

お米は伴蔵を④睨むようにして「伴蔵さん、お嬢様があれほど思いを寄せている萩原様のお部屋にお札が貼ってあるではありませんか。四十九日までの間、⑤せめて萩原様にお会いできるようにお札を剥がしてくれませんか。」と頼みました。

過了一段時間，夜幕更深時，喀啦作響的木屐聲一如往常地響起，朝著這裡逼近。紙門被燈籠照得明亮，新三郎也聽到了阿露和阿米的説話聲。

「小姐，家裡到處都貼著符咒。看樣子，荻原大人好像變心了。」一整晚都聽得到阿露的哭聲，新三郎即使覺得心快被撕裂了，還是聚精會神地唸經。

到新三郎總算能平安地從亡靈手中逃過一劫，便放下心來準備睡覺，這時耳邊卻響起喀拉喀拉的聲音。

「我們明明許下那麼堅定的誓言……。」

伴藏心想著不會吧！立刻鑽進被窩裡，但終究無法壓抑想一探究竟的慾望，悄悄地從被窩往外一看，坐在外面的竟然是阿露和阿米。

伴藏因為太過恐懼而全身癱軟，嚇得口中直唸：「南無阿彌陀佛、南無阿彌陀佛。」

阿米直瞪著伴藏，然後拜託他：「伴藏先生，小姐如此思慕的荻原大人，現在房間裡不是貼著符咒嗎？你能不能幫忙撕掉符咒，好讓小姐在七七四十九天這段時間可以見到荻原大人呢？」

◆字

① どうやら：①好不容易。②好像是、大概。在此為②的意思。

② 心変わり：變心了、心意改變了。

③ 怖い物見たさ：愈是可怕愈是想一探究竟的好奇心。

④ 睨む：瞪著看、凝視著。

⑤ せめて：起碼、至少。

◆句

○ 夜が更ける：到了深夜。

○ 腰が抜ける：①閃到腰。②被嚇得身體癱軟。在此為②的意思。

○ 思いを寄せる：表示傾心、喜歡、愛戀。

伴蔵はあまりの怖さに「は、はい、分かりました。」と約束をしてしまいました。

それからお露とお峰とお米は①すうっと消えて、伴蔵は布団にもぐり、朝までなんとか過ごしました。

夜が明けるとお峰が、「お前さん、昨晩誰と②喋ってたんだい？」と聞き、伴蔵は勇斎との約束も忘れ、全てを話しました。お峰は、「お札を剥がす条件に金を貰ったらどうだい。金をくれな③きゃお札は剥がさないよって言ってやるんだ。」

「おい、死霊が金なんて持ってるわけねぇだろ。」

「死霊なら、なんとかして金くらい用意してくるさ。」

「死霊に金を持って来させるなんて初めて聞いたぜ。」と、伴蔵も悪い話ではないと思い、今夜言ってやろうと決心しました。そしてその夜、またカランコロンとやってきました。

伴蔵は④怯えながら、「おい、来たぜ。」「お前が考えたことだろ、お前が話せよ。」「⑤あんたが金の話をするんだよ。」「お前が考えたことだろ、お前が話せ。」等と言っているうちに、気づいたら目の前にお露とお米が座っていました。

38

伴藏實在太過害怕，所以答應了：「好、好，我知道了。」

之後，阿露和阿米便無聲無息地消失，伴藏也鑽進被窩裡，想辦法撐到早上。

天亮後，阿峰問伴藏：「你昨晚在和誰在講話？」伴藏忘了他和勇齋的約定，把全部的事情都告訴了阿峰。阿峰說：「你要不要收點錢，當作撕下符咒的條件？就跟他們說如果不給錢，就不會撕掉符咒。」

「喂！亡靈怎麼可能會有錢？」

「既然是亡靈，應該會想辦法把錢準備好吧。」

「我可是第一次聽說有人要亡靈帶錢過來。」但伴藏認為這個主意不壞，決定今晚要這麼說。一到晚上，喀拉喀拉腳步聲再度響起。

「喂、她們來了。」「你可要記得提錢的事。」「這是妳的主意吧。那就說妳自己來講。」正當伴藏一邊害怕地和阿峰一來一往的時候，回過神來，阿露和阿米已經坐在眼前了。

◆字

① すうっと⋯①迅速地（移動）。②物體突出貌。③痛快感。在此為①的意思。

② 喋る⋯說話。

③ きゃ⋯等於ければ，與なば接續後變成なきゃ，表示如果不⋯⋯的話。

④ 怯える⋯害怕。

⑤ あんた⋯あなた的音便。多用於婦女對平輩且親近的人的稱呼。

◆句

〜うちに⋯正當⋯⋯的時候。

お米は、「伴蔵さん、お札がまだ剥がれていないじゃありませんか。どういうことですか。」

「あ、いや、その、実はわたくしどもは、萩原様に①仕えしておりまして、なんとか生活している②身でございます。萩原様に③もしものことがあれば、わたくしどもは生きてはいけません。ただ、その……。」「ただ、何ですか？」とお米は④いらいらしながら聞きました。

「どうしてもお札を剥がして欲しいと⑤おっしゃるのなら、わたくしどもが一生生きていけるだけの金を下されば剥がしてやってもいいんですが。」

お米は、「金っていうのは百両だよ、百両。」と怯えることもなく、お米達に向かってはっきりと言いました。

お米は少し考えてから「分かりました。百両を持ってきたら、お札を必ず剥がして下さいよ。」と言い、消えていきました。

次の日の夜も、お米とお露は伴蔵の部屋に来ました。お米は紙の⑥包みを出し、伴蔵に⑦差し出しました。

伴蔵が本当に百両入っているか確かめる為に手を差し出しましたが、それよりも早くお峰が手を出し、百両あるか⑧ゆっくりと確認しました。

阿米出聲質問：「伴藏先生，符咒不是還沒撕掉嗎？這是怎麼回事？」

「呃、不是啦，那個，其實我們都是替荻原大人做事，才能勉強混口飯吃。如果荻原大人有個三長兩短，我們的日子就過不下去了。不過……。」阿米不耐煩的追問：「不過什麼？」

「如果您們無論如何都想撕掉符咒的話，只要您們願意付我足夠過一輩子的錢，我就可以替您們撕掉符咒。」

阿峰說：「我們說的錢就是一百兩，要一百兩啦。」阿峰一點也不膽怯，對著阿米和阿露說得一清二楚。

阿米考慮了一下子，告訴兩人：「我知道了。等我帶了一百兩過來，請你一定要撕掉符咒。」之後就消失在他們眼前了。

隔天晚上，阿米和阿露又來到伴藏的房間。阿米拿出一個用紙包裝的包裹，交給伴藏。

伴藏為了確認是否真的裝了一百兩而伸手去接，但阿峰卻比他更快地把手伸出去，接到後慢慢地確認。

◆字

① 仕（つか）える…服侍、侍奉。

② 身（み）…①身分、處境。

③ もしものこと…如果有什麼萬一、三長兩短。

④ いらいらする…①著急、急躁的樣子。②感覺刺痛。在此為①的意思。

⑤ おっしゃる…「説」的尊敬語。

⑥ 包（つつ）み…包裹。

⑦ 差（さ）し出（だ）す…①拿出、交出。②寄出。在此為①的意思。

⑧ ゆっくり…慢慢地、充分地。

そしてお米は、

「①約束通り、今夜お札を剥がして下さい。」と言い、ゆっくりと消えていきました。

それから伴蔵は②昼間の間、あれやこれやと悩んで居ましたが、やはり自分の身が一番大切だと思い、そして夜が更け、伴蔵は約束通り、お札を剥がし新三郎の部屋の前まで来ました。

「旦那様、すまん。」と言い、お札を剥がし、その足でお峰と一緒に遠くへ逃げるようにして、この町を後にしました。

今日はお露の③四十九日。新三郎は今日を④乗り越えれば安心だと、いつものようにお経を唱えていました。

そして、カランコロンと音が鳴り始めました。

そして、いつものように障子が灯籠で明るくなりはじめました。

新三郎は一心にお経を唱えていましたが、障子がゆっくりと開きました。そしてお露とお米が部屋の中にすうっと入ってきました。

新三郎は驚いて、「どうして。」

42

接著，阿米説：「請依照約定，今晚就把符咒撕掉。」説完之後緩緩消失了。

接下來，伴藏在白天的時候左思右想，為此煩惱不已，但最後他還是覺得自己的安全最重要，於是到了晚上，伴藏便按照約定，為了撕掉符咒而來到新三郎的房門口。

他説完：「老爺，對不起！」便撕掉符咒，和阿峰逃到遠方，把這座城鎮遠遠拋在後頭。

今天是阿露七七四十九天的日子。新三郎以為只要度過今天就可以安心，因此和往常一樣開始唸經。

然後，喀啦喀啦的腳步聲又開始響起。

接著，紙門也像平常一樣，被燈籠照得一片明亮。

新三郎心無旁騖地唸著經，但紙門卻慢慢地被拉開了。阿露和阿米悄悄地進入房間。

新三郎驚訝問道：「妳們為什麼進得來？」

◆ **字**

① 約束通り：按照約定。
やくそくどお

② 昼間：白天。
ひるま

③ 四十九日：人死後的第
し じゅう く にち
四十九天。在佛家的説法，
亡者在第四十九天後就必須
離開人世，不能待在活著的
世界。

④ 乗り越える：①度過、越過。
の こ
②克服。在此為①的意思。

お露は泣きながら「萩原様に会いとうございました。」と新三郎の背中を抱きしめました。

新三郎は近くにある刀を抜き、切り裂こうとしました。

しかしお露は「萩原様に会えぬのなら、この世でもあの世でも生きていても意味がありません。」と両手を広げ、切りやすいように身体を新三郎の方へ向けました。

「お露……。」

新三郎が持っていた刀は手から落ち、そしてもう自分の身はどうなっても良いと思いました。

①「わしもお露が居ない世界では生きてはいけ②ぬ。」と言い、お露を

③思いっきり抱きしめました。

阿露哭著説：「我好想見荻原大人呀。」一邊從背後抱住了新三郎。

新三郎拿起身旁的刀子，拔刀準備斬殺阿露。

但阿露説：「如果我見不到荻原大人，不論活在人世還是陰間，都沒有意義了。」説完她便兩手一攤，把身體朝向新三郎，好讓他更容易下刀。

「阿露……。」

新三郎緊握的刀從手裡滑落，覺得自己不管出了什麼事都已經無所謂。

「我在沒有阿露的世界裡也活不下去。」新三郎説完這句話後，便使勁抱住阿露。

四十九日が終わった次の日、志丈と勇斎と和尚が新三郎の部屋へ、無事を確かめに行きました。

そして、部屋に向かって声をかけても、返事がないので、障子を開けてみると、そこにはお露と新三郎が抱き合って①倒れていました。

和尚は、「お札を渡したはずなのに、剥がれておる。」

志丈は、新三郎に近づき、「誰かが剥がしたのか、自ら剥がしたのかは分からんが、新三郎はもう呼吸はしておらぬ。」

そして新三郎を運ぼうと三人でお露の身体から②引き離そうとしましたが、二人は③きつくきつく抱き合っていたのでした。

46

七七四十九天結束的隔天，志丈、勇齋與和尚一起前往新三郎的房間，確認他是否平安無恙。

他們向房間出聲呼喚，卻沒有得到回應，拉開紙門一看，發現阿露和新三郎相擁著倒在地上。

和尚說：「我明明給他符咒了，卻被撕掉了。」

志丈走近新三郎：「雖然不知道是被別人撕的，還是他自己撕的，但新三郎已經沒有呼吸了。」

於是，為了把新三郎搬出房間，三個人合力想把他和阿露的身體拉開，但是兩人卻緊緊地互擁著對方。

◆ 字

① 倒れる：倒下。

② 引き離す：①拉開、分開。②（賽跑等的距離）拉開。在此為①的意思。

③ きつい：①緊緊的。②嚴苛、苛刻的。③吃力、費力的。在此為①的意思。

◆ 句

○ 声をかける：喊話、打招呼。

牡丹灯籠
（ぼたんどうろう）

牡丹燈籠的由來

本篇取材自中國元末明初的怪異小說集《剪燈新話》與《渭塘奇偶記》，後由相聲名家三遊亭圓朝改編為牡丹燈籠後廣為人知。與《四谷怪談》和《皿屋敷》並列日本三大怪談。

為這篇怪談的詭異氣氛畫龍點睛的莫過於燈籠了！在漆黑的夜裡，牡丹燈籠那幽暗的燈火逐漸逼近時的畫面光是想像就叫人不寒而慄。

然而，據說阿露和阿米會提著燈籠現身是有原因的！在日本，每到中元節，家家戶戶都會佈置擺飾，而在傳統擺飾中，有一盞盆灯籠（ぼんとうろう），是用來指引祖先順利找到回家的路而設置的。因此有人推定故事中的牡丹燈籠，是用來迎接阿露回到人世的燈籠。但也因為這盞燈籠，讓阿露如願地將心愛的新三郎一起帶去了另一個世界。

中元節的擺設

中元節對日本人而言，是祭祀祖先的節日，為了迎接祖先的來到，會有以下一些必要的擺設。

① 笹竹（ささたけ）：笹竹。劃分出結界。

② お供え物（そなえもの）：供品。通常會擺放新鮮的水果，或者是往生者愛吃的食物。

③ 精靈馬（しょうりょううま）：精靈馬。使用小黃瓜、茄子製作出馬與牛，做為祖先回家的騎乘；小黃瓜為馬，希望祖先能快點回到家裡。而茄子為牛，願祖先一路慢走。

④ 盆灯籠（ぼんとうろう）：盆燈籠。指引祖先回家的道路。

四谷怪談
よつや かいだん

03 四谷怪談

時は元禄の時代、①先手組の②浪人四谷左門という者が住んでいました。

その四谷左門にはお岩という娘がおりました。そして、お岩は二十一歳の時に、働くのが面倒なので、目が不自由だということを③装い、④婿⑤養子をして隠居したいと思っていた三十一歳の民谷伊右衛門という男と出会い、周りの協力もあって、嫁ぎました。

伊右衛門は嘘を言うだけではなく、数々の悪事を働く者でした、ある時左門の金銭を⑥横領したことが知れ、左門は憤慨し、お岩を連れ戻してしまいました。

伊右衛門は左門にお岩との⑦復縁を迫りましたが、他の悪事も⑧指摘されれ、何度も断られていました。

左門はお岩が悲しむのを恐れ、伊右衛門の悪事は内緒にしていましたが、伊右衛門はどうしてもお岩との生活を⑨望み、⑩辻斬りの⑪仕業に⑫見せかけ、左門を殺してしまいました。

◆字

① 先手組…江戸幕府的軍方編制之一。主要負責維持治安。

② 浪人…①古時候失去主人的武士。②比喩重考生和失業者。在此為①的意思。

③ 装う…打扮、装扮。

④ 婿養子…招贅女婿。

⑤ 隠居…①不工作閑居的人。②退休的老年人。在此為①的意思。

⑥ 横領…侵占、私吞。

⑦ 復縁…(離婚者)恢復婚姻關係。

⑧ 指摘…指出。

⑨ 望み…希望。

⑩ 辻斬り…日本的武士為了試刀而在街上隨機砍殺行人的

04

四谷怪談

時間正值元祿年間，先手組有位叫四谷左門的浪人。

那位四谷左門有個名叫阿岩的女兒。在阿岩二十一歲時，她認識了一位男子。對方是三十一歲的民谷伊右衛門，他因為嫌工作麻煩，所以假裝失明，並且打算入贅過隱居的生活；最後，因為周圍人士的協助，阿岩嫁給了他。

伊右衛門不單只是說謊，還做了種種壞事。有一次還被發現私吞左門的錢，而左門在氣憤之下就把阿岩帶回去了。

伊右衛門雖然向左門施壓，表示想要與阿岩破鏡重圓，但是伊右衛門的其他惡行也被一一點出，所以無論他要求了幾次都被左門拒絕。

左門怕阿岩會傷心，於是向她隱瞞伊右衛門所做的壞事，但是伊右衛門無論如何也想和阿岩一起生活，便將左門偽裝成試刀而死的假象，把左門殺了。

行為。（武士為了磨練武術或測試刀是否鋒利，可隨意斬殺路人而不被問罪）

⑪ 仕業（しわざ）：所做的事情，現代多指不好的行為。

⑫ 見せかけ（みせかけ）：假裝、虛假。

◆ 句

○ 目が不自由（め が ふじゆう）：眼睛看不清楚，看不見、失明。

○ だけではなく：不只是……還……。

○ 悪事を働く（あくじ を はたらく）：做壞事。

何も知らないお岩は、昼も夜も働き、伊右衛門を①支えて②慎ましく暮らしていました。

③やがてお岩は④身ごもり、働きに出かけることができなくなり、さらに病気⑤がちになってしまいました。

伊右衛門はそんなお岩のことを邪魔に思うようになり、離れたいと思うようになりました。

さて、その頃伊右衛門の家の近くに喜兵衛という金持ちが住んでいました。

喜兵衛には、それはそれは⑥容姿が美しく、何をさせても、器用なお梅という⑦孫娘がおりました。

◆字

① 支える…①支持、支撑。②維持。在此為①的意思。

② 慎ましい…①節儉的、儉樸的。②謙虛、客氣的。③彬彬有禮的。在此為①的意思。

③ やがて…①不久後。②幾乎、大概是。③就是、即是。在此為①的意思。

④ 身ごもり…懷孕了。

⑤ 〜がち…常常、有……的傾向。前接名詞或動詞連用形。

⑥ 容姿…容貌姿態。

⑦ 孫娘…孫女。

52

毫不知情的阿岩，日以繼夜不停地工作，她成為伊右衛門的生活支柱，過著簡樸的日子。

不久之後，阿岩身懷六甲，開始無法外出工作，而且又變得常常生病。

伊右衛門開始覺得阿岩礙事，動了想要離開她的念頭。

話說，當時伊右衛門家的附近，住了一名叫喜兵衛的有錢人。

喜兵衛有一個容貌美麗，而且不論讓她做什麼事，表現都很出色的孫女，名叫阿梅。

お梅も良い歳となり、①嫁がせたいと思った喜兵衛は、②女房のことを嫌っている伊右衛門を思い出し、呼んで酒を飲みながら、そのことを話しました。

「お前が③引き受けてくれたら、一生お前の面倒を見てやってもいい。金はいくらだってくれてやる。」

お金に目がくらんだ伊右衛門はこの話を喜びましたが、「あの女とはどうやって縁を切ったらいいのでしょう。」とお岩との関係を相談しました。「良い考えがある。」と、喜兵衛は伊右衛門に一つの方法を教えました。

伊右衛門は早速、家にある衣服や④道具を持ち出し、二、三日帰らずに居ました。中々旦那が帰ってこないので、お岩はとても心配し、毎晩泣いて過ごしていました。

阿梅正值芳齡，想把她嫁出去的喜兵衛，想到了嫌惡妻子的伊右衛門，於是把他叫來，邊喝酒邊向他提出這個主意。

「如果你願意接受這門親事，我可以照顧你一輩子。你要多少錢我都給你。」

被錢蒙蔽雙眼的伊右衛門，雖然欣然地接受了這項提議，但……

「我不知道該怎麼做才能和那個女人斷絕緣分。」他和喜兵衛商量著該如何處理他與阿岩的關係。「我有個好主意。」喜兵衛告訴了伊右衛門一個方法。

伊右衛門馬上把家裡的衣服和日用品帶出來，連續兩三天都沒回去。

遲遲等不到丈夫回家的阿岩非常擔心，每晚以淚洗面。

◆ 字

① 嫁(とつ)がせる…嫁出去。

② 女房(にょうぼう)…妻子。

③ 引(ひ)き受(う)ける…①答應、接受。②做保證。③照顧、照應。在此為③的意思。

④ 道具(どうぐ)…①工具。②舞台用的道具。③家具、日用品。④手段。在此為③的意思。

◆ 句

○ 面倒(めんどう)を見(み)る…照顧、照料。

○ 目(め)がくらむ…①太亮使眼睛昏花。②因利益而使心智被迷惑，無法判斷對錯。在此為②的意思。

○ 緣(えん)を切(き)る…斷絕關係。

それから喜兵衛の家からお岩の所へ①使いが来て、話があるので来て欲しいと伝えられ、お岩は夕方になっても、伊右衛門が帰ってこないので、戸を閉めて、喜兵衛の家へ向かいました。

喜兵衛はすぐ②出迎えて座敷へあげました。

「あなたをお呼びしたのは伊右衛門のこと③について、お話をしておきたいことがあるからです。あなた様の両親とは昔から深い付き合い④があるあ、その娘であるあなたのことを思って⑥あえて言うのですが、あの人は良さそうな人に見えて、⑦博打をしたり、昼も夜も⑧酒浸りになったり、最近では他の女にうつつを抜かしたりして、家にも帰らないような生活をしているようです。こんなことが続けば、あなたはいつかは捨てられ、路頭に迷わなくてはならなくなります。⑨どうか一度、自分の為にも旦那に注意をするようにしてもらえないでしょうか。」

これを聞いたお岩は恥ずかしくなると同時に悲しくもなりました。

そして泣きながら帰宅しましたが、伊右衛門は帰っていませんでした。

◆字

① 使い：①被派去（來）的使者。②被打發出去辦事。在此為①的意思。

② 出迎える：迎接。

③ ～について：關於……。

④ 深い付き合い：深厚的交際來往、深厚的情誼。

⑤ 為：①原因、理由。②目的。③利益、好處。在此為①的意思。

⑥ あえて：①鼓起勇氣、硬要。②不見得、沒必要……，後續否定。在此為①的意思。

⑦ 博打：賭博。

⑧ 酒浸り：經常喝酒，沉溺在喝酒中。

之後，阿岩家來了一位喜兵衛家派來的僕役，向阿岩表明有話要
說，希望她能過去一趟。阿岩等到傍晚仍不見伊右衛門歸來，於是關
上門，前往喜兵衛家去。

喜兵衛立刻出來迎接，並請她入座。

「我請妳來是想和妳談談有關伊右衛門的事。我和妳的父母親從
以前就有深交，正因如此，為了妳這位舊友的女兒著想，才想和妳說
的。那個人看似個好人，其實他不但好賭，而且不論晝夜都沉浸在酒
裡，甚至聽說他最近還迷戀上別的女人，連家都不歸了。這種情況如
果持續下去，妳哪天一定會被他拋棄，到時候就不得不流落街頭了。
也算是替自己著想，請妳好好訓一頓自己的丈夫吧。」

阿岩聽到這些話，除了覺得羞愧，同時也感到很悲傷。

之後，她便哭著回家了，但依然不見伊右衛門回來。

---

⑨ どうか：①請……。②總有
　辦法的。③感覺有點問題，
　有點奇怪。④好像。在此為
　①的意思。

◆ 句

○ うつつを抜かす：迷戀得神
　魂顛倒。

○ 路頭に迷う：流落街頭，生
　活無著落。

○ なくてはならない：①不能
　沒有。②必定會……。在此
　為②的意思。

実はその晩は喜兵衛の家にいて、隣の部屋から喜兵衛とお岩の話を聞いていたのでした。

お岩はまた一人で夜を過ごしました。そして朝を迎えると伊右衛門は帰ってくるや否や、「昨夜帰宅しても、戸が閉まっており、誰も居ない様子だった。①一体全体あんな夜中に旦那に内緒でどこに行っていたのだ。②けしからん女だ。」と③怒鳴り付けました。

お岩は、「私は喜兵衛様に呼ばれたので、家に行ってきたのです。そうしますとあなたは博打をしてる等、他の女にうつつを抜かしている等聞かされ、とても恥ずかしい思いをしたのです。それは一体どういうことなのですか？」と④反論しました。

「なぜあんな夜中に⑤わざわざ一人で男の家へ⑥上がりこんだりするのだ。そんな馬鹿なことがあるか。」とお岩を⑦殴り付けました。

お岩は大きな声で泣き叫びましたが、それでも伊右衛門はお岩の顔が変形する程⑧容赦なく殴り付け、そして家を出ていきました。

◆字

① 一体全体…一体的強調説法，表示究竟的意思。

② けしからん…不像話、豈有此理。

③ 怒鳴り付ける…大聲責罵。

④ 反論する…反駁，説明反對意見。

⑤ わざわざ…①特意地。②故意地。在此為①的意思。

⑥ 上がりこむ…沒禮貌地進去（別人家）。

⑦ 殴り付ける…狠狠地揍一頓、痛打一頓。

⑧ 容赦なく…毫不客氣、無情。

其實，伊右衛門那天晚上也在喜兵衛家，他待在隔壁房間裡，聽著喜兵衛和阿岩的對話。

阿岩又獨自過了一晚。然後到了早晨，伊右衛門一回家就立刻怒罵阿岩：「我昨天晚上回來的時候，門居然是關著的，看樣子好像沒有人在家。妳到底在半夜瞞著丈夫去了什麼地方？真是個不檢點的女人。」

阿岩出言反駁：「我是因為被喜兵衛大人叫去，才會去他家。去了之後，他告訴我你喜歡賭博，還迷戀上其他女人等等的事，讓我感到非常地羞恥。這到底是怎麼一回事呢？」

伊右衛門卻說：「妳為什麼特意在半夜一個人闖進男人的家？天底下有這麼荒唐的事嗎？」然後痛打了阿岩一頓。

阿岩雖然大聲哭喊，伊右衛門卻毫不留情地痛毆，打到阿岩的臉都變形的程度，接著就離開家門了。

◆句

○ 朝を迎える…早晨來臨。

○ ～する程…到……的程度。

○ 家を出る…離開家裡。

お岩はそれから泣きながら喜兵衛の所へ走っていきました。

「その顔はどうなさったのですか？」

「私は伊右衛門に散々な目に遭わされました。」

お岩は①なおも泣きながら助けを求めました。「ままあ、落ち着きなさい。」と喜兵衛はお茶を差し出しました。

お岩は少し②泣き止み、走って喜兵衛の所に来たからか喉も渇いており、お茶を③一気に④飲み干しました。

そのお茶にはなんと顔が醜くなるような毒が入れられていたのでした。

お岩の顔は殴られて⑤腫れていた顔から、さらに⑥ますます醜い顔となっていきました。

◆ 字

① なおも…①還、再、又的意思。②仍舊。在此為②的意思。

② 泣き止む…停止哭泣。

③ 一気に…一口氣。

④ 飲み干す…喝光光、喝完。

⑤ 腫れる…腫起來了。

⑥ ますます…愈來愈……有程度增加之意。

◆ 句

○ 散々な目に遭う…吃了很多的苦頭、受到不好的對待。

○ 助けを求める…尋求幫忙、幫助。

阿岩隨後哭著飛奔到喜兵衛的家。

「妳的臉怎麼了？」

「我被伊右衛門狠狠地修理了一頓。」

阿岩依然哭泣著，向喜兵衛求救。

「好了好了，妳先冷靜下來。」喜兵衛說著，便端了一杯茶出來。

阿岩稍微停止了哭泣；不知是否因為用跑的來到喜兵衛家，她口也渴了，所以一口氣喝光了整杯茶。

而那杯茶，竟然加了會讓容貌變得醜陋的毒藥。

阿岩被打腫的臉龐又變得更難看了。

喜兵衛はお岩のあまりにも醜い顔を見て、すぐに帰したいと思いましたが、①悟られては全てが②台無しだと思い、③平生を保っていました。

自分の顔がどうなっているのかも知らずに、お岩は喜兵衛が親切にしてくれていると思って、心を許し、何もかも相談をしました。

「もうそんな酷い旦那とは別れたらどうでしょうか。ただ、あなたも身ごもりをしている身です。一人で生きていくのも大変でしょう、良い男を紹介してあげます。あなたはまだ若いし、やり直しがきくでしょう。」

それを聞いたお岩は伊右衛門のことを少し気にしていましたが、喜兵衛の④せっかくの誘いを断るわけにもいかず、喜兵衛に何度も何度も感謝をし、帰っていきました。

やがて、伊右衛門とお岩は別れ、お岩は少し落ち着いてから、喜兵衛に教えて貰った男の家を訪ねましたが、そこには誰も住んでいませんでした。

伊右衛門の方は⑤めでたく喜兵衛の孫娘のお梅と結納を交わしていました。

喜兵衛看見阿岩那奇醜無比的臉龐，雖然很想馬上請她回去，但想到如果被她發覺了，等於功虧一簣，所以還是保持平常的樣子。

阿岩渾然不知自己的臉變成什麼樣子，見喜兵衛對她很親切，所以很信賴他，不論什麼事都找他商量。

「那麼差勁的丈夫妳還是和他分手吧。但是，妳現在又懷有身孕，要一個人過日子也很辛苦吧。我幫妳介紹一個好男人好了。妳還年輕，應該還可以重新開始吧。」

聽了這番話，阿岩雖然還是有些在意伊右衛門，但是她無法拒絕喜兵衛難得的提議，所以她一再向喜兵衛的盛情表示感謝，之後就回家去了。

不久後，伊右衛門和阿岩離婚了；阿岩等到心情稍微平靜後，便出門尋訪喜兵衛幫她介紹的男人的往處，但是那裡卻空無一人，沒有人住。

而伊右衛門則是歡天喜地地和喜兵衛的孫女阿梅訂了婚。

◆ 字

① 悟（さと）る：①察覺、發覺。②領悟、覺悟。③看透、看清。在此為①的意思。

② 台（だい）無（な）し：糟蹋了、泡湯了。

③ 平生（へいぜい）：平常。

④ せっかく：①特意地。②好不容易、難得。③盡力、努力。在此為①的意思。

⑤ めでたく：①表示吉利的、可喜可賀的。②順利的、幸運的。在此為①的意思。

◆ 句

○ わけにもいかず：わけにもいかない的意思，表示不能、不要、不行。

お岩はもう一度男の家の場所を聞きに行こうと喜兵衛の所へ行きました、お岩が見たものは、幸せそうにしている伊右衛門とお梅の姿でした。そして、その横には喜兵衛も大層大喜びの様子でお祝いをしていました。

お岩は何が起きているのか暫くの間分からず、呆然としていましたが、やがて全てを理解し、その後のことは何も覚えておらず、気がついたら、家で①わんわんと一晩中泣いていました。

阿岩為了再次打聽男人家的所在之處，而前往喜兵衛家，但她卻看到，滿臉幸福洋溢的伊右衛門和阿梅。而且，一旁的喜兵衛，看起來也非常開心地大肆慶祝。

阿岩暫時無法理解到底發生什麼事了，顯得茫然失措，但是過多久她就明白了事情的來龍去脈；她不記得之後的任何事情，只知道回過神來，才發現自己在家裡嚎啕大哭了一個晚上。

そして暫く経ち、自力で嫁ぎ先を見つけようと髪を整える為に鏡を見ると、そこにはなんとも醜い妖怪の姿が映っていました。

お岩は①すぐさま後ろを②振り返りましたが、そこには何も居ず、再び鏡を覗き込みました。そこにはまた世にも恐ろしい、もう顔とは言えない程の塊のようなものが映り込んでいました。

しかし、そこに映り込んでいる髪はいつも③見慣れた髪でしたので、お岩はようやくここで初めてこれが自分の顔だということに気づきました。

お岩は恐怖に④慄き、一体どうしてこんな顔になってしまったのかと髪を⑤かき上げて顔をよく見ようとすると、髪が抜け落ちてしまいました。これでは誰の所へも嫁ぐこともできず、身ごもっている身体なので働くこともできず、もうどうしようもなくなり、相談する相手もおらず、お岩は川に身を投げました。

66

接著過了一段時間，阿岩心想要靠著自己的力量找到歸宿，於是照鏡子打算梳理頭髮，沒想到從鏡子裡卻看到一個樣貌醜陋的妖怪。

阿岩馬上回頭望去，可是那兒什麼也沒有，於是她再度貼近鏡子，看個仔細。映在鏡中的是世上最恐怖、已經無法稱之為臉的團狀物。

但是，鏡中映出來的頭髮是平常看慣的髮型，這時阿岩才發覺這就是自己的臉。

阿岩嚇得直打顫，不明白自己為什麼變成了這副德性；當她撩起頭髮，打算把臉仔細看個清楚時，髮絲卻一拔就掉了。這下子，不論對象是誰，阿岩都不可能把自己嫁出去了，而且現在懷有身孕，也無法工作，她已走投無路，連能商量的對象也沒有，於是便投河自盡了。

◆ 字

① すぐさま：馬上、立刻。

② 振り返る：①回頭看、向後看。②回顧、回想。在此為①的意思。

③ 見慣れる：看習慣、眼熟。

④ 慄く：因害怕、興奮、寒冷等原因導致手腳發抖。

⑤ かき上げる：撩起、往上攏。

◆ 句

◯ 髪を整える：梳理頭髮。

◯ 〜とは言えない程：連……都說不上的程度。

◯ 身を投げる：①一躍而下地自殺。②形容跑步很快的樣子。③熱衷、投入於……。在此為①的意思。

そのことを噂で聞いた伊右衛門は悲しむどころか、これ幸いとお岩が他の男と浮気をして、自分は散々な目に遭ったと噂を流し、全てお岩が悪いことにしました。

それから伊右衛門は安心して過ごし、お梅との間の①子宝にも恵まれました。

ある晩、伊右衛門は②寝苦しさに目を覚ましました。すると、③枕元には自分を④見下ろすお岩の姿がありました。

從傳聞得知這個消息的伊右衛門，別說傷心難過了，他更藉機散佈出阿岩和其他男人出軌，害自己吃了很多苦頭的謠言，把一切都歸咎為阿岩的錯。

之後，伊右衛門便安心度日，和阿梅之間也生了孩子。

有天晚上，伊右衛門因為睡不好而醒來。結果發現阿岩正在枕邊俯視著自己。

◆ 字

① 子宝 (こだから)：很寶貝、可愛的孩子。

② 寝苦しさ (ねぐるしさ)：（因苦惱或天熱等）睡不好。

③ 枕元 (まくらもと)：枕頭邊。

④ 見下ろす (みおろす)：俯視、由上往下看。

◆ 句

○ これ幸いと (さいわい)：恰巧的好機會。

○ 噂を流す (うわさをながす)：散佈流言。

○ 目を覚ます (めをさます)：醒過來。

驚いた伊右衛門は、そのお岩の首を斬り落としました。しかし、転がった首を良く見てみると、なんとお梅の首でした。

恐ろしくなり、喜兵衛の所へ逃げていきましたが、①ふと部屋の②提灯を見ると、そこには醜い顔のお岩の顔がありました。

③またもや提灯を斬り落とすと、そこには喜兵衛の首がありました。

あまりの恐ろしさに④気絶をした伊右衛門は夢の中で、美しいお岩と会いました。

お岩がこちらに向かって、歩いてくるので、あまりの美しさに伊右衛門はお岩を抱きしめました。そして髪を撫でると髪が⑤どさっと落ち、お岩がこちらを向くと、妖怪のような顔がこちらを向きました。

大吃一驚的伊右衛門，把阿岩的頭砍了下來。但是，仔細一瞧，滾落下來的人頭，竟然是阿梅的人頭。

伊右衛門開始感到害怕，趕緊逃到喜兵衛那裡，但猛然一看，房間的燈籠居然出現了容貌醜陋的阿岩。

伊右衛門再次劈落了燈籠，結果滾下來的是喜兵衛的人頭。

太過恐懼而昏厥的伊右衛門，在夢中見到了美麗的阿岩。

阿岩朝著伊右衛門走來，因為她的容貌實在太美，伊右衛門情不自禁地抱住了她。然後，他一摸阿岩的頭髮，髮絲卻大把地掉落下來，接著阿岩把臉轉了過來，伊右衛門卻看到一張有如妖怪般的臉龐。

◆ 字

① ふと：①沒有理由、無意識地突然發生某事。②立刻、馬上。③形容動作迅速。在此為①的意思。

② 提灯（ちょうちん）：提燈、燈籠。

③ またもや：再次地（帶有驚訝、感嘆的語氣）。

④ 気絶（きぜつ）：昏厥、昏了過去。

⑤ どさっと：（大把、大量、重的）東西掉落的聲音或樣子。

◆ 句

○ 髪を撫でる（かみ、な）：撫摸著頭髮。

「あなたのことを心から愛していました。」と言いましたが、伊右衛門はあまりにも恐ろしくなり、またもや斬り殺してしまいました。

そして夢から覚めると、そこにはお梅との子供の首が落ちていました。

それからというもの、伊右衛門はどこへ行ってもお岩の亡霊に①苦しめられ、生きていったのであります。

「我打從心裡愛著你。」雖然阿岩如此說道，但伊右衛門覺得太恐怖，又將她砍死了。

等到伊右衛門從夢中醒來，才發現掉落在地上的人頭是他和阿梅生的孩子。

從此之後，伊右衛門無論身在何處，都只能被阿岩的亡靈苦苦折磨，度過餘生。

◆ 字

① 苦しめる：①虐待、折磨。②使操心、使為難。在此為①的意思。

◆ 句

○ 生きていく：活在這世界上。

四谷怪談

四谷怪談的起源

相信有稍微接觸日本怪談的讀者，一定對《四谷怪談》並不陌生。相傳《四谷怪談》是篇將真實故事改編而成的怪談。而為了與實際人物做出區隔，特意將主角的名字由田宮伊右衛門改為民谷伊右衛門，並且也將地點由東京改為東海道，成為《東海道四谷怪談》。

《東海道四谷怪談》（簡稱四谷怪談）自一八二五年，由鶴屋南北四代目創作成歌舞技狂言後，立即受到大眾喜愛。除歌舞技的演出外，至今已累積了三十部以上的電影作品，即使過了好幾百年，世人對《四谷怪談》的起源依舊充滿了好奇，說法也各執一詞，但不可否認的是，阿

岩確實為真實存在的人物。

據說阿岩目前葬在東京都的妙行寺境內。此外，於東京都更有三間神社與寺廟都有祭祀著阿岩，分別是位於四谷左門町的「於岩稻荷田宮神社」、「於岩稻荷陽運寺」以及位在中央區的「於岩稻荷田宮神社」；原本位於四谷宮田家遺址的「於岩稻荷田宮神社」因火災而搬遷至中央區，但後來又於原遺址重新打造了一座「於岩稻荷田宮神社」；而「於岩稻荷陽運寺」則是相傳境內有一口井，是阿岩本人曾經使用過的。

以上都間接證明了阿岩是歷史上曾經存在過的人物，但阿岩實際上到底過著什麼樣的人生呢？大致上有以下兩種說法：

一、田宮家之說

於一六○○年左右，田宮伊右衛門為侍奉幕府的武士，與阿岩是一對感情很好的夫妻。

但伊右衛門的身分較低，兩人一直過著貧苦的生活，而阿岩為了改善家計，決定離開丈夫前往富有人家當傭人。

努力幫傭的阿岩在工作之餘，常向附近的稻荷神社祈求：「希望夫妻兩人能早日團聚，一起生活。」而雇主看到阿岩為丈夫勤奮工作的模樣，深受感動，主動幫助伊右衛門升官，而夫妻兩人也終於擺脫貧窮，再度一起生活。

阿岩覺得這一切都多虧了稻荷神明的幫忙，

於是便在自家庭院中祭祀起稻荷神明。而阿岩過世後便被視為武士之妻的榜樣，也成為當地居民的信仰對象。

二、於岩稻荷由來書上之說

在一八二七年，由地方提交給幕府的報告書中，提到了於岩稻荷的由來，內容指出在四谷左門町，有一位名叫田宮又左衛門的武士，他的女兒阿岩因疱瘡一眼毀容、性情又頑固扭捏，所以一直遲遲嫁不出去，又左衛門怕斷了田宮家的血脈，因此招了浪人伊右衛門來當女婿。

兩人原本相處融洽，直到伊右衛門的上司拜

託他把自己的女兒娶進門。伊右衛門答應後，設下騙局趕走阿岩將上司的女兒娶進門，事後得知真相的阿岩，憤怒地發狂後不知去向。之後，與伊右衛門相關的人們，都開始傳出死訊以及奇怪現象，無可奈何下請妙行寺的上人進行法事後才平息了一切。

但此說法，是在「東海道四谷怪談歌舞技」開演後才出現的版本，與實際的年表相差約有兩百年，因此有人認為這只是為了宣傳歌舞技才刻意捏造的，其真實性一直被大家質疑。

儘管阿岩的真實身世我們不得而知，但《四谷怪談》在日本怪談中的確是數一數二的有名。

如先前所述，《四谷怪談》已被翻拍成三十部以上的電影作品，據說每次要拍攝電影、上演歌舞伎前，演員們都必須要去祭拜阿岩，否則將會受到阿岩的詛咒，而這樣的傳說也替《四谷怪談》再度蒙上一層神祕的面紗。

皿屋敷

さらやしき

05 皿屋敷

時は永正の頃、江戸隅田川に近い下町の貧しい①裏長屋で、お菊という女の子が生まれました。

父はお菊が赤子の時に亡くなっていたので、母はお菊を育てる為に②針子や料理屋で朝から晩まで必死に働いていました。

物心が付き始めたお菊は、なぜ父が早くに亡くなったのか不思議に思うようになりました。

その理由を母に聞くと、③決まって悲しい顔となり、「あの人は流行病で死んでしまったんだよ。その話をすると涙が出てしまうから、もうその話をするのはおよし。」と、台所へ逃げてしまうので、お菊は聞くのをやめるようになってしまいました。

そしてお菊が十六歳の時、母は過労で病にかかってしまいましたが、お金もなく医者に掛かることもできず、亡くなってしまいました。

お菊は家族一人として居なくなり、生涯孤独の身となり、毎日④嘆き悲しみました。

◆字

○ ①裏長屋：小巷中的簡陋房屋。

○ ②針子：女縫紉工。

○ ③決まる：①決定。②一定、必定。在此為②的意思。

○ ④嘆き悲しむ：悲傷嘆息。

◆句

○ 物心が付く：懂事。（能夠明辨一般社會是非好壞以及人情之心）

○ 病にかかる：罹患疾病、生病。

○ 医者に掛かる：給醫生看病。

06 皿屋敷

當時為永正年間，在江戶隅田川附近的下町（老街），有一位名叫阿菊的小女孩在貧困的巷中長屋出生了。

阿菊的父親在她還是襁褓中的嬰兒時過世了。所以母親為了撫養阿菊，除了當裁縫，也在餐館兼職，從早到晚都拚命工作。

阿菊開始懂事後，對於父親為何這麼早就過世感到很不可思議。

只要向母親詢問理由，母親一定會面帶悲傷地說：「那個人是得了傳染病死掉的。只要一提起這件事，我就會傷心流淚，所以妳別再提了。」母親說完後便躲到廚房裡。所以，阿菊就不再過問起這件事了。

接著，當阿菊十六歲時，母親因為過度操勞而病倒了，但是家裡沒有錢可以看醫生，就這樣撒手人寰了。

而阿菊變成孤家寡人，一個人孤苦伶仃，每天都在唉聲嘆氣。

しかし彼女は涙を流す顔とは①裏腹に、色白で美しい容貌だった為、いくつかの②縁組の話が持ち込まれてきました。お菊は相談をする相手もおらず、どうしたらいいものかと途方に暮れていた時に、縁組とは別に働き口の話を持ってきた者が居ました。

「この度のご不幸は、大変残念なことであり、心からお悔やみ申し上げます。ところで、あなた様はご家族を失い、これからどのようにして生活をされていくのでしょうか？もし働き口でお困りでしたら、私がお世話になっている旗本様が女中を雇いたいというお話をされていました。旗本様なら、生活は安泰できますし、仕事も大変ではありませんし、金銭も多いです。そこでお金を貯めて、お母様のお墓を建ててあげると何よりの親孝行にもなるのではないかと思うのですが、いかがでしょうか？」

お菊は親孝行という言葉に③惹かれ、旗本様の所へ奉公することに決めました。

しかし、この旗本は泥棒の④取り締まりを担当しており、大役を⑤担っていましたが、その一方で⑥取り調べも厳しく、無実の罪で殺されてしまうこともあり、庶民の間ではとても恐れられていました。そんなこともあり、お菊は最初はとても⑦戸惑っていました。

但儘管她以淚洗面，因為她那白皙的肌膚以及美麗的相貌，有幾件親事找上門。阿菊沒有可以商量的對象，當她不知如何是好、茫然失措時，有人上門來不是要提親事，而是想替她介紹工作。

「這次的不幸，真的令人非常遺憾，在此我衷心地表示哀悼。是說，您現在失去了家人，今後打算如何過日呢？如果您正愁找不到工作，我目前工作的旗本家，說想要雇用女侍。如果為旗本大人工作的話，日子可以過得安穩，工作也不會很辛苦，而且錢又多。所以我想，如果您存夠了錢，替母親蓋座墳的話，也算是盡了最大的孝道了。不知道您覺得如何？」

阿菊被盡孝道這句話打動，決定到旗本大人的宅邸幫傭。

但是，這位旗本負責擔任取締竊盜的重大任務，偵訊也相當嚴厲，甚至造成有人因冤罪被處死，所以深受一般百姓所畏懼。也因為這件事情的影響，阿菊一開始覺得非常猶豫。

◆ 字

① 裏腹に⋯①表裡不一。②正好相反。在此為②的意思。

② 緣組⋯①結為夫妻。②成為法律上的親子關係。在此為①的意思。

③ 惹かれる⋯被吸引住。

④ 取り締まり⋯①管理、取締。②董事。在此為①的意思。

⑤ 担う⋯①肩上挑東西。②肩負責任。在此為②的意思。

⑥ 取り締まり⋯審訊、審問。

⑦ 戸惑う⋯困惑、不知所措。

◆ 句

○ 途方に暮れる⋯走投無路。

○ 話を持ってくる⋯帶來這樣的消息。

最初の数ヶ月は先輩の女中達はお菊に優しく仕事等を教えていましたが、お菊が十七歳になり、さらに美しくなり、主膳からはとても気に入られるようになりましたが、その反面、主①古参の女中達は面白くなく、②次第にお菊に対して嫉妬心を持ち、③苛めに発展していきました。

そして、④骨の折れる仕事は全てお菊に④押し付けるようになっていきました。そんな中でもお菊は母の墓を建てる為だと思い、過酷な⑤仕打ちも耐えて、真面目に働いていました。

そして正月を迎え、主膳は多くの来客を招き、その酒席では、⑥かつての先祖の徳川家康から拝領したそれは高価なお皿を十枚用意し、⑦満足げに見せていきました。

しかし、酒席の後、そのお皿を洗っていたお菊はお皿が一枚無くなっていることに気づきました。

何度数えても一枚足りません。

剛開始的幾個月，前輩女侍們都對阿菊很親切，會教她工作等各種事情，但是當阿菊到了十七歲，出落得更加美麗，讓主膳對她相當中意，但相反的，資深的女侍們卻覺得不是滋味，對阿菊逐漸心生妒意，最後演變成虐待。

於是，費力的工作也開始全推到阿菊一個人身上。即使面對這樣的處境，阿菊只要想到要為母親蓋墳，不論多麼嚴苛的對待也能忍耐，並且認真地工作。

接著到了新年，主膳邀請了許多客人。他在酒席中，準備了十片德川家康賞賜給祖先的昂貴盤子，心滿意足地展示在眾人面前。

但酒席結束之後，負責洗盤子的阿菊發現有一片盤子不見了。即使數了好幾次，還是少了一片。

◆ 句

○ **気に入る**：喜愛、喜歡。

○ **骨の折れる**：形容需要費很大的力氣。

⑤ **仕打ち**：①對待（多指壞的方面）。②舞台的表情動作。③經營戲院或馬戲團的人④處罰。在此為①的意思。

⑥ **かつて**：①以前、過去。②從來沒有，後接否定語。在此為①的意思。

⑦ **～げ**：～的樣子。前加形容詞·形容動詞語幹、動詞連用形、名詞。

それを①陰から見ていた古参の女中達は、困って慌てているお菊の姿を見て、②ほくそ笑んでいました。古参の女中達はお菊を困らせる為に、なんと一枚割って、井戸に捨てておいたのです。

そんなことも知らず、お菊は自分が無くしてしまったのだと③思い込み、恐る恐る主膳の前で土下座をし、お皿が一枚無いことを④告げると、先ほどまで⑤ご満悦だった主膳の顔がみるみる鬼の形相となりました。

躲在暗處目睹了整個過程的資深女侍們，看到阿菊一臉不知所措又慌亂的樣子，皆竊笑不已。原來，資深女侍們為了要整阿菊，竟然打破一片盤子，並且丟進了井裡。

毫不知情的阿菊，一心以為是自己弄丟了。她戰戰兢兢地在主膳面前跪了下來，報告盤子少了一片的事。主膳一聽，原本還春風滿面的他，表情馬上變得有如惡鬼般猙獰。

◆字

①陰：①背陰、背光處。②看不見的地方、背後、背地。在此為②的意思。

②ほくそ笑む：暗自歡喜、竊喜。

③思い込む：①深信、完全相信。②沉思。在此為①的意思。

④告げる：告訴、通知、宣告。

⑤ご満悦：欣喜、喜悅、滿心歡喜。

「お前は、金に目がくらんで大切な皿を盗んだな。」と叫びました。

お菊は弁明しましたが、主膳は聞く耳を持たず、お菊の身体を縄で縛り、それから何度も何度も身体中、血①だらけになるまで殴りつけました。

それでも主膳は気が収まらず、二度と悪事ができないようにとお菊の右手の中指を切り落とし、狭い部屋の中に縄で縛って閉じ込めてしまいました。

主膳はお菊の②素性を調べようと、部下に身の上を調べさせました。

そうしましたら、かつて自分が強盗の罪で③打ち首にした男の娘がお菊であることが分かりました。

その男は後になって、無実であることが分かりましたが、分が悪いので主膳は事実を隠蔽していました。

もちろんお菊は父のことは全く知りませんでしたが、主膳は父の敵を討つ為に、この旗本に近づいたのだと④勘ぐりました。

主膳怒吼：「妳是被錢蒙蔽了雙眼，所以偷了重要的盤子吧！」

阿菊雖然出言為自己辯護，但主膳卻一句也不聽；他用繩子把阿菊的身體綁起來，一次又一次地毆打，打到滿身都是血。

即使如此，主膳還是無法息怒，為了防止阿菊再做壞事，他斬斷阿菊右手的中指，再將她五花大綁，關進狹窄的房間。

主膳為了調查阿菊的來歷，派部下調查她的家世。

調查之後，主膳得知阿菊的父親，正是以前被自己以強盜罪斬首的男人。

雖然後來證實那個男人是清白的，但事實若公諸於世，會對自己不利，所以主膳便隱瞞了這件事。

阿菊對父親的事情當然一無所知，但主膳卻懷疑她是為了替父親報仇才接近旗本家。

◆字

① ～だらけ：滿是……。前接名詞。

② 素性（すじょう）：①家世、門第。②個人的來歷、身分。③生性、個性。在此為②的意思。

③ 打ち首（うくび）：斬首。

④ 勘ぐる（かんぐる）：猜測。

◆句

○ 聞く耳を持たず（きくみみをもたず）：沒有想要聽的意思。

○ 気が収まらない（きがおさまらない）：形容不滿足，尚未消氣。

○ 分が悪い（ぶがわるい）：情勢不利。

○ 敵を討つ（かたきをうつ）：討伐敵人、復仇。

主膳はお菊の父の無実を知られてはいけないと思い、早めにお菊を①手打ちにしてしまおうと古参の女中達に漏らしました。

それを聞いた古参の女中達は嬉しそうに、お菊の所へ行き、「お前はもうすぐ主膳に手打ちにされるんだよ。」と②わざわざ言いに行きました。お菊は③さすがに手打ちにされるのは耐えられないと思い、覚悟を決め、縄を④食いちぎり、夜遅くに井戸に身を投げました。

貧乏で身寄りの無いお菊の死は特に世間で噂になることもなく、旗本でも話題にもならなくなり、次第にお菊の存在自体忘れ去られていきました。

それから数年後、主膳の奥方に赤子が生まれましたが、その赤子は⑤生まれつき右手の中指がありませんでした。これはお菊の⑥祟りではと周りの者は⑦青ざめました。またこの赤子は、とても病弱で、大層お金がかかりました。

◆字

① 手打ち…①親手做的、手工的。②糾紛和解或交易成功時大家一起鼓掌。③拍手拍子。④古時主人親手處死武士或屬下。在此為④的意思。

② わざわざ…特意地、故意地。

③ さすがに…①再怎麼説、就連。②不愧、畢竟。③確實是太……。在此為①的意思。

④ 食いちぎり…咬斷、咬掉。

⑤ 生まれつき…天生、先天。

⑥ 祟り…①作祟、詛咒。②報應、惡果。在此為①的意思。

⑦ 青ざめる…臉色變成青色（蒼白），表示驚嚇不已的意思。

主膳心想，不能讓阿菊的父親是被冤枉的事曝光，於是向資深女侍們透露有趁早收拾阿菊的打算。

而資深女侍們聽了這件事，便開心地跑去阿菊那裡，就是特地為了告訴她：「妳很快就要被主膳處死了。」阿菊心想自己怎麼樣也無法熬過被處死的折磨，所以她下定決心，咬斷了繩子，在深夜投井了。

貧苦無依的阿菊死了，她的死並未在世間引起軒然大波，甚至也沒有在旗本家之間造成話題；漸漸地，連阿菊的存在本身也遭到遺忘了。

之後過了好幾年，主膳的夫人生了一個小嬰兒，但是小嬰兒一出生就少了右手的中指。周圍的人嚇得臉色發青，認為是阿菊的詛咒。而且小嬰兒非常體弱多病，照顧起來非常花錢。

そして数日経ったある夜、主膳が寝床につこうとしていた時、井戸の方から、「一枚、二枚……。三枚、四枚、五枚、六枚、七枚、八枚、九枚、ひいいい……。」という①悲鳴が聞こえてきました。

そしてまた、「一枚、二枚……。」と数えてきました。

その声はそれからというもの、毎晩毎晩井戸から聞こえてくるようになりました。

主膳は毎晩寝ることができず、次第に気が狂っていきました。

そしてある晩、また例②のごとく数える声が聞こえてきたので、これはお菊の祟りだと思い、「お菊め！」と、井戸の方に向かって刀を振り下ろしましたが、なんとそこには奥方の死体が転がっていました。

奥方は、主膳が毎晩眠れず、心配になり、主膳の様子をちょうど見に行ったところ、主膳は誤って奥方を切り殺してしまったのです。

然後幾天後的某個晚上，當主膳正要上床就寢時，聽到從井邊傳來悲鳴聲：「一片、兩片、三片、四片、五片、六片、七片、八片、九片，嗚嗚嗚……。」

接著又重頭數起：「一片、兩片……。」一再反覆。

自此之後，每天夜晚都會從井邊聽到那個聲音。

主膳每天晚上都無法入睡，精神漸漸開始發狂。

到了某天晚上，一如往常又開始聽見數數兒的聲音，所以認定這是阿菊在作祟的主膳叫著：「阿菊你這傢伙！」接著便往井邊走去，揮刀一砍，沒想到橫躺在那裡的卻是夫人的屍體。

夫人知道主膳每天晚上都睡不著，感到非常掛心，所以剛好走來看看主膳的情況，但主膳卻誤殺了夫人。

◆字

① 悲鳴（<ruby>悲<rt>ひ</rt></ruby><ruby>鳴<rt>めい</rt></ruby>）：①悲傷的聲音。②（受到驚嚇或恐懼時）突然尖叫。③（感到束手無策時）說氣餒的話。在此為①的意思。

② ～のごとく…如同、像是。

◆句

○ 寝床に着く（<ruby>寝<rt>ね</rt></ruby><ruby>床<rt>どこ</rt></ruby>に<ruby>着<rt>つ</rt></ruby>く）…上床就寢。

○ 気が狂う（<ruby>気<rt>き</rt></ruby>が<ruby>狂<rt>くる</rt></ruby>う）…發瘋了、精神錯亂。

驚いた主膳は、奥方の死体を井戸に捨てようとしましたが、赤子が目を覚まし、大声で泣いたので、女中達が起きてきてしまいました。

主膳が奥方を切り殺してしまったことは、誰が見ても明らかでした。

そして主膳が奥方を殺したという噂が①瞬く間に広がり、その噂は徳川家の耳にも入り、主膳のことを一切合財取り調べ、過去に無罪の者まで処刑していたことまで知られてしまいました。

主膳は市中引き回しの上、打ち首獄門の刑に処されることになりました。

赤子は、それ以降、身寄りが居なくなりましたので、徳川家の②計らいで、別の旗本の家で育てられることになり、人が変わったかのように元気に育っていきました。

◆字

① 瞬く間：：瞬間、很快的時間。

② 計らい：：判斷、處置。

大吃一驚的主膳，打算把夫人的屍體丟進井裡，但這時嬰兒醒來，放聲啼哭，所以女侍們都起床趕來了。

不論誰看了，都很清楚是主膳殺了夫人。

於是，主膳殺了夫人的流言馬上就傳開了，而流言也傳到德川家的耳中，德川家就著手調查主膳的所做所為，就連他過去曾處死無罪之人的事實也被揭發了。

主膳除了被遊街示眾，最後更被處以斬首示眾之刑。

小嬰兒從此變得孤苦無依，因此在德川家的安排下，決定由另一個旗本家養育長大，而且他也像是變了一個人似地，健健康康地長大了。

皿屋敷

<ruby>皿<rt>さら</rt></ruby><ruby>屋<rt>や</rt></ruby><ruby>敷<rt>しき</rt></ruby>

皿屋敷其實是愛情故事？

《皿屋敷》隨著地區不同，衍生出近五十種版本。其中位於日本滋賀縣的「長久寺」，相傳供奉著阿菊的墳墓，並且還藏有阿菊打破的盤子，難道《皿屋敷》是真人真事嗎？

據寺方的說法，在孕石家當侍女的阿菊和嫡長子政之進為相愛的情侶，但在父母安排下政之進早有未婚妻。阿菊想一探在政之進的心中，究竟是孕石家重要？還是自己重要？於是故意將其家寶——十片一組的盤子，打破其中一片。

政之進原以為阿菊是不小心的，便原諒了她。但得知阿菊只是想測試自己後，一怒之下打破了剩下的盤子，知錯的阿菊請求賜死，而政之進許下終身不娶的誓言後便殺了阿菊，最後皈依佛門。

而這樣的情節與其說是怪談，反而比較像戀愛故事，起源若真是如此，那為何會被流傳成怪談呢？

演變為怪談的原因

當時的武士有執行「<ruby>切<rt>き</rt></ruby>り<ruby>捨<rt>す</rt></ruby>て<ruby>御免<rt>ごめん</rt></ruby>」的特權，若覺得町人、百姓對自己做出「無禮」行為時，就算將其砍殺也不會有任何罪刑。在這不合理的特權下，許多百姓都成了刀下的冤魂。久而久之，就開始流傳了我們熟知的《皿屋敷》，想藉此怪談來警惕武士若濫殺無辜，就會被冤魂詛咒。由此時代背景來看，也不難理解為何《皿屋敷》有這麼多種的版本。

みちびき地蔵

07 みちびき地蔵

昔、宮城県気仙沼市大島という所で、浜吉という幼い息子とその母親が、②漁を終えて家路を急いでいました。浜吉は①漁で疲れたのか、もう眠くて眠くて仕方がありませんでした。

明日は④端午の節句だと言うのに、⑤人手の足りないこの島では人の家の田植えを手伝いに行ったり、また手伝いに来て貰ったりしなければなりませんでした。

この日も、浜吉⑦親子は朝早くから外浜まで手伝いに行って、今はその帰りでした。

二人とも疲れて、⑧とぼとぼ歩いているところ、岩の上にお地蔵様が⑨見えてきました。

母親は、お地蔵様の⑩辺りから人の⑪気配を感じました。

そのお地蔵様はみちびき地蔵と呼ばれ、明日亡くなるという人が、上手く⑬天国に⑬導いて貰う為、ここに⑭挨拶に来ると言われていました。

◆字

① 幼い：①年幼、幼小。②幼稚、不成熟。在此為①的意思。

② 漁：打魚、捕魚。

③ 家路：回家的路上、歸途。

④ 端午の節句：端午節。

⑤ 人手：①人工的。②工作的人手。③他人之力。④他人的手中。在此為②的意思。

⑥ 田植え：插秧。

⑦ 親子：父子、母子，或父母子女之意。

⑧ とぼとぼ：無精打采地、有氣無力地。

⑨ 見えてくる：看見、看到。

⑩ 辺り：附近、周圍。

08 接引地藏菩薩

很久以前，在宮城縣氣仙沼市的大島，有一個名叫浜吉的小孩子和母親，他們捕完魚，正急忙趕路回家。不知道是不是捕魚的關係浜吉很累，他感到非常地睏。

雖說明天就是端午節了，但是在這個人力不足的島上，大家都得去別人家幫忙種田，或者請別人來幫忙。

這天，浜吉母子也是從早就去外浜幫忙，現在正在回家的路上。

兩個人都很疲倦，正當他們無精打采地走在路上時，看到地藏菩薩現身在岩石之上。

接著，母親感覺到地藏菩薩的周圍好像有人。那位地藏菩薩人們稱之為接引地藏菩薩，據說即將在明天過世的人，為了能夠順利地被帶領至天國，會到這裡來打聲招呼。

⑪ 気配：①跡象。②（交易）行情。在此①為的意思。

⑫ 天国：①天國、天堂。②比喻為樂園。在此①為的意思。

⑬ 導く：①帶路。②指引、引導、指導。③導致。在此為①指引、引導、引導的意思。

⑭ 挨拶：①問候、致意。②致詞、講話。③回答、答禮。在此為①的意思。

それを思い出した母親が、お地蔵様の方を見てみると、村のお婆さんがお地蔵様を①拝み、そして②ふわふわと③浮かび上がりながら、空へ消えていく姿が見えました。

そして、次は若い男の姿も見えました。男はやがてお地蔵様を拝み、またふわふわと浮かび上がり、空へ消えていきました。

それを見た母親は、「まだ若いのに……、一体どうして死ななければいけなかったんだべか……。」と可哀想に思いました。そう思っていると、また④すぐ後ろに赤子を抱いた若い母親の姿も見えました。そして、お地蔵様を拝み、また空へと消えていきました。

想到這件事的母親，朝著地藏菩薩看了一下，卻看到村子裡的婆婆，雙手合十向地藏菩薩拜了拜以後，就輕飄飄地飛起來，消失在空中了。

接著看到一位年輕男子，隨後也拜了地藏菩薩，然後身體同樣輕飄飄地浮起來，往天上消失了。

看到此景的母親，心裡感到很不捨：「明明還那麼年輕……為什麼非死不可呢……。」

母親才這麼一想，接著馬上又看到一個抱著小嬰兒的年輕母親。她拜了地藏菩薩後，也消失在空中了。

◆ 字

① 拝む：①拜、叩拜的意思。②見る的謙讓語，表示看。③拜託、懇求。在此為①的意思。

② ふわふわと：①輕飄飄地。②心煩、浮躁的樣子。③柔軟蓬鬆。在此為①的意思。

③ 浮かび上がる：浮出、飄起來。

④ すぐ後ろ：①接著馬上……。②後面（很靠近的距離）。在此為①的意思。

◆ 句

○ 〜てみる：試著。

○ 消えていく：漸漸消失。

「母親は、①お産にでも失敗してしまって、それで二人とも死んでしまったんだべか……。」と②不憫に思いながら見ていました。

すると、またすぐにお地蔵様の前で拝む人の姿が見え、そしてその後ろには、大勢の子供から大人の人達の◦行列が並んでいるのが見えました。

人だけではありません。

よく見ると、馬も一緒に並んでいました。

そして、◦次から次へと、お地蔵様を拝み、そして空へと浮かび上がり、消えていきました。

「一体、どうしてこんなに大勢の人が……。」と母親は暫く見ていました。

浜吉も◦眠気が覚め、「③おっかあ、一体あの人達はなんだべ?」

◆字

① お産：分娩、生產。

② 不憫：可憐、可惜。

③ おっかあ：おかか（御母）的變形。表示母親的意思。

◆句

◦ 行列が並ぶ：排著隊伍。

◦ 次から次へと：一個緊接著一個。

◦ 眠気が覚める：睡意全無、睡意消失。

一邊看著這個場景的同時，她覺得很可憐心想：「大概是母親難

產，所以兩人的性命都保不住了吧……。」

緊接著，又看到在地藏菩薩前朝拜的

人，而且在那之後，竟然還有許多的小朋友

和大人們在後頭排成一列。

隊伍中，不只有人類。

仔細一看，馬也一起排在隊伍之中。

接著，大家都一個接一個地朝拜地藏菩

薩，隨後就飄上天空消失了。

母親看了好一會兒，心想著：「到底發

生什麼事了，為什麼有這麼多人……？」

浜吉也從睏意中清醒，問母親：「媽，

那些人到底是誰啊？」

「何でもねえ、何でもねえ、さあ行くよ。」と母親は浜吉を心配させないように、手を強く握り、そして家路を急ぎました。

そして家に帰ると、早速父親にそのことを話しました。

「そんな馬鹿な話あるか、どうせ狐にでも①化かされたんだべ。」と父親は大笑いをして信じませんでした。

ところが、次の日のことです。

ちょうどその日は端午の節句の日で、一年で一番海の潮が引く②大潮の日でしたので、大勢の人達が③浜辺で④賑わっていました。

浜辺で海草を取ったり、子供達は海に入ったりして遊んでいました。浜吉も海に行きたいと言うので、家族で浜に行きました。

「沒什麼啦，沒什麼啦。我們走吧。」母親為了不要讓浜吉感到

不安，緊握著他的手，然後趕路回家。

回家之後，母親趕緊把這件事告訴父親。

「怎麼可能有如此誇張的事情呢，我看妳八成是被狐仙們耍了

吧。」父親語畢大笑，完全不把母親的話當一回事。

然而，到了隔天。

剛好那天是端午節，是一年之中潮差最明顯的大潮之日，所以海

邊聚集了很多人，非常熱鬧。

有些人在海邊採海草，而孩子們則跑到海裡戲水。浜吉也説想去

海邊玩，於是全家一起去了海灘。

◆ 字

① 化かす：使人迷惑。

② 大潮：潮差最大的日子，約
發生於滿月後一兩天。

③ 浜辺：海邊，湖邊。

④ 賑わう：①熱鬧、人潮多。
②興旺、繁榮。在此為①的
意思。

◆ 句

○ 心配させる：使之擔心、擔
憂。

○ 潮が引く：落潮、退潮。

ただ、母親（ははおや）は昨夜（さくや）のことがあって、あまり気（き）が進（すす）みませんでした。その日（ひ）は何十年（なんじゅうねん）ぶりに大（おお）きく潮（しお）が引（ひ）けた①お陰（かげ）で、とても多（おお）くの海草（かいそう）が取（と）

れました。

と、その時（とき）でした。

誰（だれ）かが大声（おおごえ）で、「②津波（つなみ）だ！」と叫（さけ）びました。海（うみ）の方（ほう）を見（み）ると、それ

はそれは大（おお）きな津波（つなみ）がこちらに③襲（おそ）いかかってくるのが見（み）えました。

但是，母親因為昨天晚上看到的事，沒有很高的興致。那天是距離幾十年以來，海水退去最多的一天，多虧於此，大家採到了大量的海草。

然而，就在這個時候。

不知哪個人大聲喊道：「海嘯來了！」往海邊一看，只見巨大的

海嘯正往這裡襲來。

◆ 字

① お陰（かげ）で…多虧了……的幫忙。

② 津波（つなみ）：海嘯。

③ 襲（おそ）いかかる：（突然）襲來，撲來。

◆ 句

○ 気（き）が進（すす）む：願意、樂意。

104

みんな津波に気づき、①慌てふためいて逃げよう
としました。

「浜吉、浜吉！」と、母親は必死になって浜吉
を呼び、「おっかあ、おっかあ！」と浜吉も泣い
て叫びました。

すると山のように高い津波があっという間に浜
に押し寄せてきました。

浜吉一家は大急ぎで②小高い丘へ③駆け上がって
逃げました。そして、海の方を見て、恐怖の余り暫
く身動きできませんでした。

大波は浜辺④のみならず、村をも⑤飲み込み、さ
らに浜吉一家の逃げて来た丘まで押し寄せてきましたが、その丘の前で
波は⑥砕け散り、難を逃れました。「昨日見た光景は、本当だったん
だ……。」と母親は、村や人が津波で流されていく様子を見ながら、小
さく⑦つぶやきました。

106

大家都發現海嘯要來了，驚慌失色地準備逃命。

「浜吉、浜吉！」母親拚了命大喊浜吉的名字，浜吉也哭喊著：

「媽、媽！」

接著，和山一樣高的海嘯，轉眼之間便衝進了海灘。

浜吉一家急急忙忙地爬上地勢微高的山丘逃命去了。往海邊一望，卻因為太過害怕，使得身體暫時無法動彈。

不只是海灘，連村子也被巨大的海浪吞噬；海浪雖然繼續逼向浜吉一家所在的山丘，但在山丘前就化為片片碎浪，讓他們倖免於難。

「我昨天看到的景象，原來是真的啊⋯⋯。」母親看著村子和人群被海嘯沖散的樣子，一邊小聲地喃喃自語。

◆字

① **慌てふためく**：對突如其來的事，感到驚慌失措、手忙腳亂。

② **小高い**：微微高起的。

③ **駆け上がる**：往上跑去。

④ **のみならず**：不只、不僅。

⑤ **飲み込む**：①吞下、吞噬。②領會、了解。在此為①的意思。

⑥ **砕け散る**：破碎散落。

⑦ **つぶやく**：嘴裡嘀嘀咕咕、碎碎念。

①逃げ遅れた多くの人は亡くなりました。

当時の村の②書付には、六十一人の人が亡くなり、六頭の馬が波に呑まれたと、記録されています。

それからというもの、このみちびき地蔵は死者を導く③ありがたいお地蔵様として、④線香や⑤献花が絶えないそうです。

很多來不及逃命的人都喪生了。

根據當時的文獻記載，罹難者共有六十一名，另外還有六匹馬也被海浪捲走了。

此後，這尊接引地藏菩薩，被奉為引導死者的助人地藏菩薩，前往燒香和供花的信眾也變得絡繹不絕。

みちびき地蔵 (じぞう)

接引地藏菩薩的發源地

故事中的接引地藏菩薩，是真實存在於日本宮城縣氣仙沼市大島。據歷史資料顯示，接引地藏菩薩從一七七〇年開始被當地民眾祭祀，為三尊木造的神像，傳說接引地藏菩薩會帶領往生者的靈魂至極樂淨土，因此接引地藏菩薩的信仰深植於大島居民的心中。

但在三一一東日本大地震時，奉祀接引地藏菩薩的地藏堂遭到海嘯襲擊不幸全毀，其中三尊接引地藏菩薩、六尊石佛也被海嘯沖走，令當地居民十分痛心。震災一年後，由當地居民以及各地的幫助下，重新打造了三尊木造的接引地藏菩薩、六尊石佛，並且重建地藏堂。此時，接引地藏菩薩在當地居民的心中，除了是信仰的寄託之外，更成為了災後重建的象徵，帶給當地受災戶們重新出發的勇氣，同時也讓後人記取海嘯的教訓。

令人欣慰的是，於二〇一四年在地藏堂附近的瓦礫堆中，發現了三尊石佛。這三尊歷史悠久的石佛，目前奉祀在重建的地藏堂旁的欅樹下，相信接引地藏菩薩以及石佛，今後也會不斷守護當地的居民，接引往生者的靈魂前往安樂的淨土。

地藏菩薩的相關諺語‧慣用語

■ 言うなり地蔵（いうなりじぞう）

用來形容人沒有主見，只會唯命是從。

■ 石地蔵に蜂（いしじぞうにはち）

以石頭雕刻而成的地藏像，就算被蜜蜂叮到也不痛不養。用來比喻對他人的批評或是攻擊不屑一顧、不痛不癢。

■ 内弁慶に外地蔵（うちべんけいそとじぞう）

比喻在家很強勢，在外頭卻很親切。（弁慶：為平安時期的僧兵，追隨義經一同討伐平家，為義經打了不少的勝仗。其威武的表現被後世用來形容個性陽剛、具有威勢的人。）

■ 借りる時の地蔵顔、返す時の閻魔顔（かりるときのじぞうがお、かえすときのえんまがお）

形容向他人借錢時，都像地藏菩薩一樣和顏悅色，但當要他還錢時卻擺出像閻王一般地臭臉。

■ 地蔵の顔も三度（じぞうのかおもさんど）

要是一再犯錯，即使是慈悲的地藏菩薩也會生氣的。比喻人的忍耐有限度。

■ 地蔵は言わぬが我言うな（じぞうはいわぬがわれいうな）

地藏菩薩不會開口說話，所以即使對祂說秘密也不會被洩漏出去，若秘密被流傳開來的話肯定是自己不小心說溜嘴造成的。告誡人們說話要謹慎。

子育て幽霊

♪09 子育て幽霊

昔々ある村に一軒の飴屋がありました。

ある夏の夜のことです。

そろそろ夜も遅くなってきたので、お店を閉めようと思っていたとこ
ろ、トントン、トントンと戸を①叩く音がしました。「②はて、こんな遅
い時間に誰だろう。」と、飴屋の③主人が戸を開けてみますと、そこに美
しい女の人が立っていました。

「すみませんが、飴を一つ売って④くださいませ。」

主人が「⑤へい、一文頂きます。」と答えると、女の人は⑥小銭を一
枚渡し、飴を一つ受け取りました。そして消えるように行ってしまいま
した。

次の日の晩も、飴屋が戸を閉めようとしていたところ、「あの、飴を
下さい。」と女の人の声が聞こえてきました。

戸を開けてみると、昨日と同じ女の人でした。

◆字

① 叩く：①敲、打。②詢問、
請教。③攻撃、駁斥。在此
為①的意思。

② はて：（感動詞）表示疑惑、
迷惑的語氣。

③ 主人：①一家之主。②老闆
③謙稱自己的丈夫。若前面
加了ご，則是尊稱對方的丈
夫。在此為②的意思。

④ くださいませ：「ください
います」的敬語表現。表示
請〜。

⑤ へい：表示「是的」、「知
道了」的意思。

◆句

⑥ 小銭：零錢。

○ 〜たところ：才剛……的時
候。

育子幽靈 10

在很久很久以前，村子裡有一間糖果店。

而事情是發生在某個夏夜。

因為夜色漸深，糖果店正打算關店打烊時，從外面卻傳來咚咚的敲門聲。「哎呀，這麼晚了是誰啊？」糖果店的老闆開門一看，外面站著一位美麗的女子。

「不好意思，請賣我一顆糖果。」

老闆回答：「好的，請給我一文錢。」於是，女子遞出一枚零錢，收下了一顆糖果。接著，女子宛如憑空消失般地離開了。

隔天晚上，當糖果店正打算關門時，老闆聽到女人的聲音：「請給我糖果。」

老闆開門一看，是昨天同一位女子。

①顔色は昨日よりも悪くなっていました。主人が小銭を一枚貰い、飴を渡すと、②すっと消えるようにして帰っていきました。

それから次の日も、また夜遅くに飴屋に来ました。

「あの、飴を下さい。」とまたお店を閉める時に来たので、主人は、

「すみませんが、夜ではなくて昼間に来てくれませんか。」と言いました。「申し訳ありません。どうかこの小銭で飴を一つ売って下さいませんか。」と、女の人は③弱々しい声で必死に頼みました。主人は仕方なく、飴を一つ売りました。

そして四日目の夜も、また来ました。顔色はさらに悪くなっていました。「あなたどこに住んでいるのですか。この④辺では⑤見かけない顔ですね。」と女の人に聞くと、女の人は「二、三日前に来たばかりです。」と、弱々しい声で答えました。

五日目も六日目も、女の人はやって来ました。顔色は⑥日に日に悪くなるばかりでした。

◆字

① 顔色…①氣色、臉色。②神色、神情。在此為①的意思。

② すっと…①迅速地、瞬間地。②形容伸直的模樣。③形容心情舒爽。在此為①的意思。

③ 弱々しい…虚弱無力的様子。微弱的。

④ 辺…附近、周邊、周圍。

⑤ 見かける…見過、看過。

⑥ 日に日に…一天一天、一天比一天、逐日地。

對方的氣色變得比昨天更差。接著，老闆收了一枚零錢，把糖果交給她後，女子如隱形般地回去了。

到了隔天，女子又在深夜時分來到糖果店。

她説：「請給我糖果。」因為她又是在要關店的時候才來，於是老闆對的聲音拚命拜託：「真的非常抱歉。可以請您收下這枚零錢賣我一顆糖果嗎？」老闆無計可施，賣了一顆糖果給她。

「很抱歉，可以請妳白天來，而不是晚上來嗎？」女子用虛弱

到了第四天，女子又來了。她的氣色又變得更差了。「妳住在哪裡呢？我在這附近從來沒看過妳。」老闆詢問了女子後，女子用虛弱的聲音回應：「兩三天前才剛來。」

第五天和第六天，女子也都來了。而她的氣色變得一天比一天差。

◆句

○ **悪くなる**…變差的意思。

○ 〜たばかり…剛剛、才……沒多久。

○ 〜なるばかり…變成……的趨勢、傾向。在此為臉色變得愈來愈差。

そして七日目のことです。

「すみません。今日も飴を一つ下さいませ。ですが、もうお金がありません。でも、どうしても飴が必要なのです。」と小声で泣きながら言いました。

「お金が無いなら飴を渡すわけにはいきません。」

①苛立っており、お金が無いなら飴を渡すわけにはいかないと、きつい言葉を言い、追い返そうとしました。すると、女の人は着物の袖を②引きちぎって渡しました。「これで、どうにか飴を一つ頂けないでしょうか。」主人は驚いて③渋々飴を渡しました。

「どうもありがとうございます。」女の人は消えるように帰っていこうとしましたが、主人は女の人がどこに行くのか④確かめたくなり、着物の袖を⑤持ったまま、⑥こっそり後を追いかけることにしました。

然後到了第七天。

「對不起，今天也請您給我一顆糖。只是，我已經沒有錢了。但我無論如何都需要一顆糖。」女子小小聲地邊哭邊説。

「沒有錢的話，我就不能把糖給妳。」老闆對這個每天晚上很晚才來的女子感到很不耐煩，因此對她説了些很刻薄的話，告訴她如果沒錢，就不能給她糖，並打算把她趕走。於是，女子把和服的袖子扯了下來，遞給老闆。「我可以用這個換一顆糖嗎？」老闆嚇了一跳，很不情願地把糖給她了。

「非常謝謝您。」女子説完便打算遁身離去，但是老闆想確認女子的行蹤，手裡還拿著和服的袖子，就決定偷偷跟在後頭。

◆ **字**

① 苛立つ：著急、焦慮。

② 引きちぎる：撕掉、扯掉。

③ 渋々：勉勉強強地、不得已。

④ 確かめる：確認、查明。

⑤ 持ったまま：就這樣拿著、原封不動地拿著。

⑥ こっそり：悄悄地、偷偷地。

◆ **句**

○ 帰っていこうとする：準備要回去、回家。

○ 後を追いかける：追在後頭。

女の人は、すうっと歩くようにして、山の方に進んでいきました。

そして、①山寺の②石段の所まで来ると、ゆっくりと石段を上がっていき、お寺の門を③通り抜け、お寺の脇を歩き、そしてお墓の所まで来ました。

すると、女の人は新しく建てられたお墓の前で、すうっと消えていきました。

主人は驚いて、幽霊だったのかと思い、④がくがく震えました。

それから、どこからともなく赤ん坊の泣き声が聞こえてきました。

「⑤おぎゃあ、おぎゃあ。」

主人は赤ん坊も幽霊なのかと思い怖くなり、逃げるようにして、すぐ隣のお寺のお坊さんの所に行き、今までのことを全て話しました。

◆字

① 山寺：①山裡的寺廟。②（山形縣）立石寺的俗稱。在此為①的意思。

② 石段：石頭階梯。

③ 通り抜ける：穿越、穿過。

④ がくがく：①搖動、晃蕩。②顫抖。在此為②的意思。

⑤ おぎゃあ：嬰兒的哭聲。

◆句

○ どこからともなく：不知從何處。

○ 逃げるようにして：為了逃命……。

118

女子輕快地往山裡前進。接著她走到了山寺的石階處，慢慢地爬上石階，再穿過寺門，走過寺廟的側邊，最後來到墓地。

接著，女子咻地消失在一座新建的墳墓之前。老闆大吃一驚，心想是不是遇到幽靈了，嚇得全身發抖。

之後，不知從何處傳來了嬰兒的哭聲。

「哇哇、哇哇。」

老闆以為嬰兒也是幽靈，於是逃跑到一旁的寺廟，把所有的事情告訴廟裡的和尚。

お坊さんは主人が持っている着物の袖を見て、「なんと、この着物は見覚えがあるぞ。一週間くらい前、若い女の人がわしの所に来て、気分が悪いからここに泊めてくれと言ったんだ。①宿に泊まるお金がないということだった。とても顔色が悪かったので、一晩泊めてやったんだが驚いたことに次の朝亡くなっていたんだ。何かの②病だったのか、どこから来たのか何も分からず仕舞いだったが、不憫に思ったので、着物を着せてあげて、それから小銭を六枚入れて、お寺のお墓に③埋めてやったんだ。」

「お坊さん、その女の人は飴を六回買いに来て、七回目にお金が無いからと、この着物の袖を渡したのですよ。」と主人は震えながら言いました。

「まずは、赤ん坊が泣いている所に行ってみるとするか。」お坊さんは怖がる様子もなく言い、お墓の方に二人で向かうことにしました。

和尚看見老闆手裡拿著的和服袖子，告訴老闆：「竟然！我對這件和服有印象呢。大概一個星期以前，有位年輕女子來我這裡，對我説她身體不舒服，請我讓她在這裡留宿。因為她沒有錢住旅舍。我看她的氣色非常糟糕，所以就讓她住了一個晚上。但令人詫異的是，第二天早上她就過世了。雖然我終究不知道她是得了什麼病，也不知道她是從哪裡來的，但是很同情她，所以就幫她穿上了和服，還放了六枚銅板，把她埋葬於寺裡的墓地。」

老闆發抖著説：「師父，那個女子來買了六次糖，到了第七次説沒有錢，所以就給了我這塊和服的袖子呢。」

「總之，我們先去嬰兒在哭的地方看看吧。」

和尚面無懼色地説完後，決定兩個人一起前往墓地。

主人はとても怖く、早く帰りたい気持ちになっていましたが、お坊さんの後を追うようにして付いていきました。すると、やはり赤ん坊が泣いている声が聞こえてきました。

「おぎゃあ、おぎゃあ。」

主人はまた怖くなりましたが、お坊さんはお墓の中を歩いて行って、「赤ん坊が居るぞ。」と言いました。主人が恐る恐る近づいていくと、そこには赤ん坊が①確かに居ました。

そしてその横には手紙が②添えられていました。手紙を読むと、その赤ん坊は③捨て子だったのです。しかし、手紙によるとこの赤ん坊が捨てられたのは一週間も前のことでした。

「一週間も何も飲まず食わずでこの赤ん坊はどうやって生きておったのじゃ。」とお坊さんは不思議に思いました。

◆字

① 確かに…的確。

② 添える…附帶、附上。

③ 捨て子…棄嬰。

◆句

○によると…根據〜。表示消息的來源，前面加名詞。

雖然老闆非常害怕，很想早一點回去，但還是直追在和尚的身後，跟了上去。抵達後，果然聽到嬰兒啼哭的聲音。

「哇哇、哇哇。」

老闆又開始覺得害怕，但和尚走進墓地一看，馬上說：「這裡有嬰兒呢。」老闆提心吊膽地走上前去，那裡的確有一個嬰兒。

而且旁邊還放了一封信。讀了信後，得知嬰兒原來是個棄嬰。但是，從信裡的內容得知，這個嬰兒遭人丟棄，已經是一個星期之前的事了。

「一個星期不吃不喝，這個嬰兒是怎麼活下來的？」和尚覺得很不可思議。

「お墓を①掘り返してみないか。」とお坊さんが言いましたので、主人は驚きましたが、お坊さんは主人の返事を聞かず、お墓を掘り起こし始めました。

そして②柩を開けてみると、そこには飴を求めてやってきた女の人が③横たわっていました。

主人はとても驚き、がくがくと震え始め、同時にお坊さんもとても驚きました。

「わしが入れた小銭六枚と着物の袖が無くなっておる。」

主人が持っている着物の袖の部分がちょうど④千切られていたのです。

「そういうことじゃったのか。」

お坊さんは納得したように言いました。

「この女の人は、赤ん坊が捨てられているのを可哀想に思い、乳の代わりに飴を赤ん坊に食べさせていたのじゃ。」

◆字

① 掘り返す：挖掘。(有已經埋了又再次挖掘的意思)

② 柩：棺材、棺柩。

③ 横たわる：①躺著、横臥著。②横放、横佈。③存在著、面臨著。在此為①的意思。

④ 千切られる：①被切成碎片。②被撕下。在此為②的意思。

◆句

○ ～の代わりに：代替～。前面加名詞。

和尚又説：「把墳墓挖出來看看吧。」老闆聞言相當吃驚，但和尚不等他回應，就開始挖起墳墓了。

打開棺木一看，裡面躺著的就是來買糖的女子。

老闆非常驚訝，開始渾身打顫，而和尚也同樣大吃一驚。

「我放進去的六枚錢幣和和服的袖子都不見了。」

老闆手上拿的和服袖子，剛好就是被扯下來的部分。

「原來是這麼一回事啊。」

和尚露出豁然開朗的表情如此説道。

「這位女子覺得嬰兒被人丟棄很可憐，所以給嬰兒吃糖來代替餵奶吧。」

「①なるほど、それでこの女の人は幽霊となり飴を買いに来てたのか。」心を打たれた飴屋の主人は、そのお墓に手を合わせ、そしてその赤ん坊を育てることに決めました。

それからこの噂は遠くまで広まり、飴屋は有名になり、毎日多くのお客さんが飴を買いに来るようになり、大変②繁盛するようになりました。

数年後、その赤ん坊は立派に成長し、そして一生懸命勉強をして、立派なお坊さんになりました。

「原來如此。所以這位女子才會化為幽靈來買糖吧。」深受感動的糖果店老闆，向墳墓雙手合十，並且決定要養育這個嬰兒。

之後，這個傳聞四處遠播，糖果店也變得赫赫有名，每天都有很多客人來買糖，生意變得非常興隆。

幾年之後，當時的嬰兒也成長茁壯了，而且很用功唸書，最後成為一位了不起的和尚。

◆字
①なるほど…（肯定他人的主張或説法）表示原來如此、的確。

②繁盛（はんじょう）…繁榮、興隆。

◆句
○買いに来る…過來買。為了買……而過來。

○心を打たれる…受到感動。

○～ことに決める…決定做某件事。

子育て幽靈

日本的怪談，並不都是以可怕驚悚的鬼怪當主角，也是有像育子幽靈一樣，無法置棄嬰於不顧的善良女鬼。

而《育子幽靈》在京都則流傳著另一個版本。在京都版本中的嬰兒為育子幽靈在棺材內生下的孩子，從這個版本中則是能感受到母愛的偉大。

此外，在京都版本中出現的糖果店據說是真實存在的！其店名為みなとや幽靈子育飴本舖，擁有四百五十年以上的歷史，至今仍在京都市東山區持續營業中，聞名而來的客人絡繹不絕。那金黃色的糖果，不僅延續了嬰兒的生命，更將這溫馨的怪談流傳了好幾個世紀。

店名	みなとや幽靈子育飴本舖
地址	京都市東山区松原通大和大路東入2丁目轆轤町80番地の1

十六人谷

じゅうろくにんだに

♪11 十六人谷（じゅうろくにんだに）

昔々、飛騨（ひだ）という山の中のそれはそれは深く、そして長く流れている黒部（くろべ）の渓谷（けいこく）という所に、弥助（やすけ）という③木こりが居ました。山の④頂（いただき）はいつも真っ白で、屏風（びょうぶ）のように大きな雲が⑤立ちはだかっていました。そんな厳しい山でしたから、⑥猟（りょう）をするにはとても条件が良かったのです。

その渓谷（けいこく）には⑦獣（けもの）がたくさん居ました。弥助（やすけ）は木こりですが、猟（りょう）にもよく出かけていました。一日（いちにち）で猿（さる）や⑧狸（たぬき）を七十四（ななじゅうよん）⑨程（ほど）も捕（と）ったこともありましたが、そこは⑩うわばみが出（で）るという噂（うわさ）があり、猟（りょう）に出かける時（とき）はうわばみから命（いのち）を守（まも）るために、必（かなら）ず山刀（やまがたな）を持（も）って行かなければなりませんでした。

しかし、弥助（やすけ）の友人（ゆうじん）は、「うわばみなんか出（で）るわけがない。」と言（い）って山刀（やまがたな）を持（も）って行きませんでした。弥助（やすけ）は友人（ゆうじん）の言葉（ことば）に呆（あき）れ⑪つつ、⑫先（さき）に山小屋（やまごや）に戻（もど）りました。山小屋（やまごや）に戻（もど）って、友人（ゆうじん）を待（ま）っていると、その友人（じん）は何事（なにごと）も無（な）かったように元気（げんき）に戻（もど）って来（き）ました。

◆字

① 飛騨（ひだ）：為一座橫跨日本富山縣、新潟縣、岐阜縣、長野縣的山脈。

② 黒部（くろべ）：日本地名，位於日本富山縣。

③ 木こり（きこり）：樵夫。

④ 頂（いただき）：頂端、最上面。

⑤ 立ちはだかる（たちはだかる）：阻擋。

⑥ 猟（りょう）：狩獵、打獵。

⑦ 獣（けもの）：獸類。

⑧ 狸（たぬき）：①狐狸。②狡猾的人。在此為①的意思。

⑨ 程（ほど）：①表示約略的範圍、程度。②表示動作或狀態的程度。在此為①的意思。

12 十六人谷

很久以前，飛驒山裡，有一座地勢深險、流水悠長的黑部溪谷。這裡住著一位名叫彌助的樵夫。總是有雪白、宛如屏風般巨大的雲朵遮擋著山頂。因為山勢險峻，對打獵而言是一個條件非常好的所在。

那座溪谷棲息著許多動物。彌助雖是位樵夫，但也時常外出打獵。他曾經在一天之內抓到多達七十隻左右的猴子和狸貓。但是，傳聞那座山有蟒蛇出沒，所以出去打獵時，為了防身一定要隨身攜帶山刀。

不過彌助的朋友卻說：「才不會有什麼蟒蛇出沒。」沒有把山刀帶在身上。朋友說的話雖然讓彌助聽得目瞪口呆，但他還是先回到山中小屋了。彌助回到山中小屋，等待朋友歸來，結果朋友好像什麼事也沒有發生似的，神采奕奕地平安回來了。

---

⑩ うわばみ：①巨大的蟒蛇。②比喻酒量好。在此為①的意思。

⑪ つつ：①兩個動作同時進行。②雖然……但是……。③表示動作持續進行的狀態。在此為②的意思。前接動詞連用形。

⑫ 先に：先行。

 句

○ 命を守る：保命、保住性命。

○ 何事も無い：什麼事也沒有。在此表示平安。

「ほら見ろ、うわばみなんていやしないだろ。」と笑いながら、小屋に入ろうとすると、その後ろにはうわばみの姿が見えました。弥助は驚いて声も出ず、山刀を①鞘から②引き抜きました。

友人は後ろにうわばみが居ることに気づいておらず、「何を怖がっているんだ？弥助。」と言い、ふと後ろを振り向きました。

その瞬間、小屋は大きな音と友人の叫び声と共に③吹き飛んでしまいました。

弥助は遠くに飛ばされましたが、山刀を持っていたので助かりました。山小屋があった場所を見るとそこにはゆっくりと④蠢くうわばみの巨体が⑤ずるずると⑥這っていました。

そして、その場には友人の姿はもうありませんでした。

「你看，才沒有什麼蟒蛇吧。」當朋友笑著正準備走進小屋時，

彌助看到跟在他身後的蟒蛇。當朋友笑著正準備走進小屋時，不出聲音，從刀鞘裡拔出山刀。

接著朋友猛一回頭往後一看。

朋友沒有發覺身後的蟒蛇，開口問他：「彌助，你在怕什麼？」

就在那一瞬間，小屋伴隨著巨響和朋友的驚叫聲，被吹得飛起來。

彌助雖然也被吹得很遠，但因為隨身帶著山刀，因此得救了。彌助往山中小屋原本的所在位置一看，只見蟒蛇緩慢蠕動的龐大身軀，慢吞吞地拖在地上爬。

然後，那裡已經看不見朋友的身影了。

◆ **字**

① **鞘**（さや）：①（刀、劍）鞘。②價錢或利率的差額。在此為①的意思。

② **引き抜く**（ひきぬく）：①拔出。②選拔。③拉攏。在此為①的意思。

③ **吹き飛ぶ**（ふきとぶ）：①被風吹跑了。②消失。在此為①的意思。

④ **蠢く**（うごめく）：蠕動。

⑤ **ずるずると**：①拖拉著。②拖延、拖拖拉拉地。③滑溜地。在此為③的意思。

⑥ **這う**（はう）：①爬。②（植物藤蔓）攀爬。③（蟲、蛇）爬行。在此為③的意思。

◆ **句**

○ **〜やしない**：表示應該做卻不做。前接動詞連用形。

友人の①通夜の晩に大酒を飲んで酔っ払って帰って来た弥助は、その
まま②床に③突っ伏して眠ろうとしましたが、何かの気配を感じて起き上
がりました。「誰だ？人の家に黙って入っている奴は？」まだ若く肝の
据わっていた弥助は気配に④向かって⑤問いかけました。すると、そこに
は美しい女の人が立っていました。「お願いします。明日谷に行くの
でしたら、そこにある柳の木だけは切らないで下さい。」と、女の人
は言いました。

「それは一体どういう事だ？柳の木を切ろうがどうしようが勝手で
はないか。」と、弥助は酔った⑥勢いもあったか、女の人に怒鳴りま
したが、「お願いします。それだけは止めて下さい。」と、女の人は⑦
しきりに頼み込みました。「おら一人で行くのではない。みんなで行く
んだ。おらに頼んでも、どうにもならない。」と、弥助は拒みまし
たが、女の人は、「お願いします。お願いします。」と弱々しく言い
ながら、すうっと消えていきました。さすがに恐ろしくなった弥助は布
団にもぐり、⑧さっさと寝ようとしました。

◆字

① 通夜…徹夜守靈、徹夜誦經。

② 床…地板。

③ 突っ伏す…突然趴下。

④ 向かう…①向著、面著。②朝…去（指前進的目標）。③趨向、接近。在此為①的意思。

⑤ 問いかける…問、詢問。

⑥ 勢い…①力量、氣勢。②形勢、局面。在此為①的意思。

⑦ しきりに…①頻頻、屢次。②熱衷。在此為①的意思。

⑧ さっさと…迅速地。

彌助在朋友的守靈夜上喝了很多酒，喝得醉醺醺的他，回家後直接趴在地板上，打算就這樣睡覺時，感覺屋內有些動靜，所以起身。

「是誰？是哪個不吭一聲就進到別人家裡的傢伙？」彌助還年輕，膽子很大，朝著有動靜的方向詢問。結果那裡站著一位美麗的女子。

女子對彌助說：「我求求您，如果明天您要去溪谷，請您唯獨不要砍掉在那裡的柳樹。」

彌助或許是酒意上頭，他如此對女子大吼：「這到底是怎麼回事？要不要砍掉柳樹，難道不是我的自由嗎？」然而女子只是一味地不停拜託：「我求求您，請您千萬別做那件事。」「我不是一個人去，而是和大夥兒們一起去。妳即使拜託我也是無濟於事。」彌助依然拒絕女子的請求。但女子還是用微弱的聲音對他說：「求求您，求求您。」之後便無聲無息地消失了。這下子，連彌助也感到害怕，他鑽進了棉被裡，想要快點入睡。

◆句

○肝（きも）の据（す）わる…有膽量、有膽識。

①あくる日、弥助は十五人の仲間と谷へ入りました。そこにはとても大きく、立派な柳の木が立っていました。そして、よく見ると柳の木の下に人影が見えました。

そこには昨夜の女の人が立っていて、弥助に向かってお辞儀をした。

「昨夜の女だ。」

後、またすうっと消えていきました。

那裡站著昨晚看到的女子，她對著彌助行了禮，接著又無聲無息地消失了。

「是昨晚的女子。」

大雄偉的柳樹。接著，仔細一瞧柳樹下有個人影。

隔天，彌助和十五位夥伴進入了溪谷。溪谷裡聳立著一棵非常巨

◆字

① あくる日‥‥隔天、翌日。

◆句

○ お辞儀をする‥‥行禮、鞠躬。

「何でこんな所にいるんだ？」と思いながら、下へ①駆け降りました

が昨夜の女の人はもうそこにはいませんでした。

「何しとるんじゃ、さっさと仕事②せんかい。」と、

びました。

その声で④はっと我に返った弥助は叫びました。

「親方！親方！その木は切らないで下さい。」

柳の木はとても立派でしたので、木こり達は皆大喜びで、⑤まだま

だ⑥若造の弥助の話には誰も聞く耳を持ちません。

「止めて下さい。」

弥助は必死になって叫びましたが、⑦無残にも柳の木は⑧切り倒され

てしまいました。

③親方が弥助を呼

◆字

① 駆け降りる：跑下去。

② せんかい：命令、指使某人做某事的意思。等於しなさい。方言用語。

③ 親方：師傅。

④ はっと：①突然想起。②嚇一跳。在此為①的意思。

⑤ まだまだ：還、尚、仍然。

⑥ 若造：年輕人、小夥子。

⑦ 無残に：殘酷地、殘忍地。

⑧ 切り倒す：砍倒。

◆句

○我に返る：恍然醒悟過來。

彌助一邊想著：「為什麼她會出現在那個地方？」一邊往下跑，但是昨晚的女子已經不在那裡了。

「你在幹什麼，還不趕快工作。」師傅呼喚著彌助。

彌助因這一聲而回過神來，他大聲叫著⋯⋯

「師傅！師傅！請您不要砍掉那棵樹。」

柳樹長得高大挺拔，所以樵夫們都很高興。再加上彌助還只是個年輕小夥子，因此大家都對他說的話充耳不聞。

「請不要砍樹。」

雖然彌助拚了命地大喊，但柳樹還是很淒慘地被砍倒了。

その日の夜のことです。

山小屋に戻った弥助と十五人の仲間は疲れていたのか急に眠気に襲われて、一人残らず①眠りこけてしまいました。

しばらく経った時、山小屋の戸が開く音がして、弥助は目を覚ましましたが、他の仲間は起きる気配②すらありません。

戸の方を見ると、昨夜来た女の人が居ました。

女の人は静かに、一歩③ずつ、中に入って来ました。

「昨夜の女だ。」

弥助は恐ろしくなり、その場で気を失ってしまいました。

それから、④どれだけの時間が経ったのかは分かりませんが、妙な⑤物音で弥助は目を覚ましました。

目を開けた時、そこには信じられないような⑥光景が広がっていました。

◆字

① 眠りこける：熟睡。

② すら：連……、都……。

③ 〜ずつ：①表示平均的意思。例：一人五百円ずつ（一個人各五百圓）。②表示重複固定的數量。在此為②的意思。

④ どれだけ：大約多少。

⑤ 物音：聲音、聲響。

⑥ 光景：情景、景象。

◆句

○ 眠気に襲われる：睏意襲來。

○ 気を失う：①不省人事、昏倒。②失去動力。在此為①的意思。

事情發生在當天晚上。

回到山中小屋的彌助和十五位夥伴們，或許是因為累了，突然一陣睡意襲來，大家都毫無例外地沈沈睡去了。

過了一段時間，彌助被山中小屋的開門聲吵醒，但其他夥伴們卻絲毫沒有要醒來的跡象。

彌助往門的方向一看，看到了昨晚來訪的女子。

女子靜悄悄地一步一步走進來。

「是昨晚的女子。」

彌助開始感到害怕，當場暈過去了。

之後，不知道又過了多久時間，彌助被一陣奇怪的聲響給擾醒。

當他張開眼，映入眼簾的是一副讓人難以置信的光景。

○ **時間が経つ**：時間經過、時間過去。

○ **目を開ける**：睜開雙眼。

女の人が仲間の一人の口に自分の口を直接突っ込み[1]、音を立てな

④
がら舌を引き抜き[2]、食べていたのです。

弥助の視線に気付いた女の人は顔を上げ、③口元だけを歪めて弥助に

④
笑い掛けました[4]。その口からはたくさんの血が⑤滴り落ちていました。

⑥
仲間は既に女の人に舌を抜かれ、全員白目をむいて死んでいました。

「五助。せい吉。」弥助は必死になって仲間の名前を呼びましたが、

その口からはたくさんの血が滴り落ちていました。

女子把自己的嘴直接伸進其中一名夥伴的口中，把對方的舌頭咬

了下來，還吃得�嗒有聲。

察覺到彌助的視線後，女子抬起頭來，嘴角一歪向彌助笑了笑。

從她的嘴角滴下大量的鮮血。

「五助、勢吉。」彌助死命地叫著夥伴的名字，但是夥伴們卻已

經被女子拔掉了舌頭，每個人都翻著白眼死掉了。

◆字

① 突っ込む…①塞進、插入。③深入。在此為②的意思。

② 引き抜く…拔出。

③ 口元…①嘴邊、嘴角。②嘴型。③出入口。在此為①的意思。

④ 笑い掛ける…笑著、展開笑容。

⑤ 滴り落ちる…滴落下來。

⑥ 既に…①已經。②將要、正當。在此為①的意思。

◆句

○ 音を立てる…發出聲音。

○ 顔を上げる…抬起頭來。

○ 白目をむく…翻著白眼。

女の人は弥助に近づいてきました。「あなたに頼めば、こんなことにならずに①済むと思ったのに……。あなたに頼めば、こんなことにならずに済むと思ったのに……。」女の人は②どんどん弥助に近づいて来て、弥助の舌も抜こうとしました。弥助は怯えながらも、側に置いてあった山刀で女の人を③斬り付け、命④辛々その場から逃げ出しました。

それから五十年。

弥助は白髭を生やしたおじいさんになり、⑤囲炉裏で暖を取っていました。目の前には若い女も座っており、その女の人に向かって、五十年前のことを話していました。

「あれから五十年……。今⑥思い出しても、あれほど恐ろしいことはなかった。しかし、あれほど美しい者もわしは見たことがない。もしできるならば、死ぬ前にもう一度あの女に会いたいもんじゃ……。」

と、⑦年老いた弥助じいさんは⑧しみじみと、話をしていた女の人に語りかけました。

◆字

① 済む…①終結、結束。②能對付、能應付。③償還（借款）。在此為①的意思。

② どんどん…①接連不斷地。②很快地、迅速地。③狀聲詞，表咚咚、嘩嘩、蹬蹬地。在此為①的意思。

③ 斬り付ける…砍過去。

④ 辛々…很勉強、很困難地。

⑤ 囲炉裏…（日本農家取暖和燒飯用的）地爐、炕爐。

⑥ 思い出す…①想起來。②聯想起來。在此為①的意思。

⑦ 年老いた…年老、上了年紀。

⑧ しみじみ…深切感受、很有感觸地。

女子走近彌助。「我原本以為只要拜託你，就不必做這種事了。

我原本以為只要拜託你，就不必這麼做了……。」女子向彌助步步逼近，打算拔掉他的舌頭。彌助雖然膽怯，還是拿起放在一旁的山刀，向女子砍去，好不容易才從那裡逃了出來。

從此過了五十年。

彌助已經成了鬍鬚花白的老爺爺，他正坐在地爐前取暖。他的眼前也坐著一位年輕的女子；他向這位女子，說出了五十年前發生的往事。

「在那之後已經過了五十年……。現在回想起來，再也沒有比這更可怕的事情了。但是，我從來沒見過那麼漂亮的女人。可以的話，我真想在死之前，再見到那個女子一面……。」年老的彌助爺爺，充滿感慨地告訴剛才和自己聊天的女子。

◆句

○ ながらも…雖然……可是……。
○ 暖を取る…取暖。
○ あれほど恐ろしいことはない…沒有比那更可怕的事情了。

①夕方になり、おばあさんが夕飯を持って来ました。

「おじいちゃん、夕飯を持って来たわよ。おじいちゃん……？し、舌が無い……。じいさまの口に舌が無い！」部屋の中を覗き込んだおばあさんは、舌を引き抜かれて死んでいる弥助じいさんの死体を見つけて叫びました。

ゆっくり振り返りました。

そして、口元だけを歪めて笑い掛けました。

その顔は、紛れもなく……。

しかし、弥助じいさんの死体の表情は、どこか②恍惚として何かに話し掛けているような顔をしていました。

そして、この事件があった谷は十六人谷と③名付けられたそうです。

おじいさんの話を黙って聞いていた若い女の人が

到了傍晚，老婆婆拿著晚飯過來。

「老頭子，我拿晚飯來了喲。老頭子……？舌、舌頭不見了……。老頭子嘴裡的舌頭不見了！」探頭朝房間一望的老婆婆，看到舌頭被拔掉的彌助老爺爺的屍體，大聲叫了出來。

一直默默傾聽老爺爺説話的女子，慢慢地轉過頭來。接著，歪起嘴角地笑了。

那張臉肯定就是……。

然而，死去的彌助老爺爺，臉上卻帶著一股恍惚的神情，好像在向誰傾訴著什麼似的。

於是，據説發生了這起事件的溪谷，就被稱為十六人谷了。

◆ 字

① 夕方 (ゆうがた)：傍晚、黃昏時。

② 恍惚 (こうこつ)：出神、入迷。

③ 名付ける (なづける)：命名、取名字。

◆ 句

紛れもない (まぎれもない)：貨真價實的、千真萬確的。

十六人谷的確切位置

十六人谷又稱十六谷，真實存在於日本富山縣黑部市宇奈月町，位在非常偏僻的深山之中，是個杳無人煙的狹谷，最靠近十六人谷的車站為黑薙駅，直線距離相距四公里左右，但地勢相當的險峻，無法使用一般交通工具抵達，是相當危險的地域，當地居民平時也不會靠近。

神秘女子的身分

據說怪談中的神秘女子是名柳樹精，和被樵夫們砍掉的柳樹為夫妻樹，為了阻止樵夫們砍掉自己的丈夫，柳樹精才特意夜訪彌助，但卻還是阻止不了悲劇的發生，為了報仇她才再次化作人形，奪取樵夫們的性命。

日本的原始宗教為神道教，主要祭拜天神地祇，將自然界的各種動植物視為神祇。在萬物皆有靈的思想下，人類的肆意破壞等同於對神明的不敬，或許這篇怪談除了令人感到可怕驚悚外，最重要的是想讓後人們深思，面對大自然，人類應該抱持著感恩及敬畏之心，要避免無節制的破壞。

三枚のお札

三枚のお札

昔々、山の①ふもとのお寺に和尚さんとそれはそれは②やんちゃな③

小僧が暮らしていました。

そのやんちゃ④ぶりときたら、野うさぎを⑤見つけたら火の棒を持って

⑥追い掛け回したり、和尚さんが⑦ぼたもちを⑧お供えしたらそれを勝手

に食べてしまったり、掃除もいい加減にしかしなかったので、和尚さ

んはいつも手を焼いていました。

そんなある日、山はもう夏の終わりで、裏山はもうすっかり秋の気配

となっていました。

その裏山には大きな栗の木があって、風が吹くと、その実がいくらで

も⑨ぽたぽた落ちる程でした。

小僧は裏山を見ながら、「おらも栗拾いに行きたいなあ。」と和尚

さんに言うと、「ならん。裏山には⑩山姥がおるけえ、食われてしまう

ぞ。危ないから行ってはならねえ。」と言いました。

◆字

① ふもと…山脚下。

② やんちゃな…任性要賴的、調皮的。

③ 小僧…①小和尚。②小傢伙。③小孩。在此為①的意思。

④ ぶり…①表示事物的狀態或樣子。②表示份量、大小。③（時間的經過）相隔。在此為①的意思。

⑤ 見つける…①發現、發覺。②看習慣。在此為①的意思。

⑥ 追い掛け回す…追著。

⑦ ぼたもち…紅豆餡年糕。

⑧ お供えする…祭祀、祭拜。

⑨ ぽたぽた…啪搭啪搭（水珠持續低落的聲音）。在此形容果實掉落頻繁。

14 三張護身符

很久以前，在山腳下的一間寺廟裡，住著一位和尚和非常喜歡調皮搗蛋的小沙彌。

說到那個小沙彌的調皮行徑，可是不勝枚舉；如果發現野兔，他會手拿著火把，跟在後面追個不停，和尚要是拿牡丹餅（紅豆糯米糰）來祭拜的話，他也會擅自吃掉，而且掃除工作也做得很馬虎，所以總是讓和尚大傷腦筋。

話說某一天，山上因夏季即將結束，後山已是一片秋意襲來。

在後山裡，有一顆很大的栗子樹，果實多到只要風一吹，就會源源不斷地掉落下來。

小沙彌看著後山，對和尚說：「我也想去撿栗子呢。」和尚說：「不行！後山有山姥，你會被她吃掉喲。那裡很危險，你不能去。」

◆ 句

⑩ 山姥（やまんば）…山中女妖。

○ いい加減（かげん）にする…①敷衍了事、隨便做做。②適可而止。在此為①的意思。

○ 手（て）を焼（や）く…燙手山芋、傷腦筋的意思。

しかし小僧は、「そんなもの居るわけねえ。おらはどうしても行く
だ。」と和尚さんの言うことを聞きませんでした。

小僧は聞き分けの無い子だったので、和尚さんがいくら言っても①わ
がままばかり言っていました。

行くのを許しました。

和尚さんは仕方なく、「お前さんみたいな聞き分けの無い子は、少
しは怖い目に遭って性根を叩き直して貰った方がええじゃろう。」と

但小沙彌卻不聽和尚的話，反駁他：「不可能有那種東西。無論
如何我一定要去。」

小沙彌是個不聽話的孩子，所以不論和尚怎麼説，他還是任性地
自説自話。

和尚不得已，只好答應他去……「像你這種不聽話的小孩，最好還
是遇到一點恐怖的事，才能讓你徹底改變本性吧。」

◆字

① **わがまま**：①任性、放肆。
②做連語時，表示按照自己
的想法。在此為①的意思。

◆句

○ **聞き分けの無い**：不聽話的
（人）。

○ **いくら～ても**：不論（做、
説、聽）了多少……還是。

○ **～ばかり**：①大約。②剛剛、
才……。③僅僅、只有。在
此為③的意思。

○ **目に遭う**：體驗、遭遇到。

○ **性根を叩き直す**：改善、調
整本來的性格使其變好。

小僧は喜び、早速出かけようとしましたが、和尚さんは呼びとめて懐から①何やら取り出しました。

「これを持って行くが良い。」と、お札を三枚渡しました。

小僧は、「何だ②こりゃ、こんなもん何の役に立つんだ？」

「山姥が出た時には、これを使うと良い。」と言い、小僧は仕方なくお札を持って行くことにしました。

小僧は和尚さんの心配をよそに、③飛び跳ねるようにして裏山へ出かけていきました。

行ってみると、大きな栗がたくさん落ちているので、小僧は大喜びで拾い続けました。

小僧は栗を全部持って帰りたいと思い、山を④駆けずり回りました。

154

小沙彌很開心，正打算立刻出門時，和尚卻叫住他，並且從懷裡拿出了些什麼。

他對小沙彌說：「你把這個帶去。」

小沙彌說：「這是什麼東西？這種東西能發揮什麼用處？」接著把三張護身符交給他。

和尚說：「山姥出現的時候，你可以把這個拿出來用。」小沙彌勉為其難地帶著護身符出門了。

小沙彌不顧和尚的擔心，蹦蹦跳跳地前往後山。

去到後山一看，發現地上掉了很多大顆的栗子，所以小沙彌很高興地一直撿。

小沙彌想把所有的栗子都帶回去，在山裡東奔西跑，到處尋找。

◆ 字

① 何やら…①不知是什麼（東西）。②（不知緣由地）好像。在此為①的意思。

② こりゃ…これは，這個。

③ 飛び跳ねる…跳得很高（表示開心不已）

④ 駆けずり回る…東奔西跑、奔走。

◆ 句

○ 役に立つ…有用、有幫助。

○ 〜をよそに…置之不理、無關緊要看待。

それからどのくらいの時間が過ぎたのでしょうか。

随分と山の中に入り込んでしまい、①ざるの中が栗の実でいっぱいになった頃、ふと気づくと日が②すっかり暮れてしまっていました。

立っていました。目の前に一人のおばあさんがると、り、③心細くなり、帰る支度を④し始めさすがの小僧もこうなるとすっかり

「小僧さん、小僧さん。栗を拾いに来たのかい。たくさんの栗を拾ったんじゃのう。良かったら家へ来なさい。栗を⑤茹でてやるから、たくさん栗を食べんさい。」と言うので、お腹を空かせていた小僧は喜んでおばあさんについて行くことにしました。

之後，不知又過了多久的時間。

小沙彌走到了山的深處，等到竹簍已經裝了滿滿的栗子，他才猛然發現，天色已經完全暗下來了。

這下，就連小沙彌也變得極為不安；當他開始準備回去時，眼前站著一位老婆婆。

「小沙彌、小沙彌。你是來撿栗子的嗎？你撿了好多栗子呢。如果你願意的話，來我家吧。我會幫你煮栗子，你就多吃點栗子吧。」因為老婆婆這麼説，讓肚子正餓的小沙彌開心地決定跟著老婆婆走了。

◆ **字**

① ざる…竹籃。

② すっかり…完全、全部地、全然。

③ 心細い…不安的、擔心的、膽怯的。

④ し始める…開始要做。

⑤ 茹でる…①川燙②熱敷。在此為①的意思。

◆ **句**

○ お腹を空かせる…飢餓、肚子餓。

○ ～について行く…跟著去。

そして、家に着くと、おばあさんは拾ってきた栗を鍋いっぱいになるまで茹でてくれました。

お腹を空かせていた小僧は、①ぱくぱくと栗を食べました。

栗をいっぱい食べた小僧は、段々と眠くなってきました。

おばあさんは、「もう夜も遅い、一晩泊まっていくがいい。」と言い、布団を持ってきてくれたので、安心して小僧はそのまま②ぐっすり眠ってしまいました。

ところが、小僧は③ふとある物音で目を覚ましました。

ギギギギ……ギギギギ……

起きてみると、④ふすま越しにはまだ灯りが点いており、おばあさんはまだ起きている様子でした。

到家後，老婆婆幫忙煮了一整鍋小沙彌撿到的栗子。

餓壞的小沙彌，大口地吃著栗子。

吃了一大堆栗子的小沙彌，睡意變得愈來愈濃。

老婆婆説：「夜已深了，你可以在這裡住一晚。」説完便幫

但是，小沙彌卻突然聽到某種聲音而醒來了。

他拿了棉被過來，所以小沙彌很放心地就這麼熟睡了。

唧唧唧唧唧……唧唧唧唧唧……

小沙彌起身一看，隔著紙門看到房裡燈還亮著，看樣子老婆

婆還沒睡。

◆ 字

① **ぱくぱくと**…①大吃特吃、狼吞虎嚥。②嘴巴一張一合的樣子。在此為①的意思。

② **ぐっすり**…熟睡的、酣睡的。

③ **ふと**…①沒有理由、無意識地突然發生某事。②立刻、馬上。③形容動作迅速。在此為①的意思。

④ **ふすま越し**…隔著拉門看。ふすま為兩面紙糊的拉門。

そっとふすまを開けて覗いてみると、おばあさんが包丁を①研いでいました。

「何でこんなに夜遅くに、包丁なんて研いでいるんだろう。」と不思議に思いましたが、ふと部屋の②隅を見ると、なんとそこには③しゃれこうべが置かれていました。

小沙彌悄悄拉開紙門窺看，看到老婆婆正在磨菜刀。

小沙彌覺得不解，心想：「為什麼這麼晚了，還要磨什麼菜刀呢？」隨後不經意地一瞥房間的角落，那裡居然放著骷髏頭。

◆ 字

① 研ぐ：①磨（刀子等）。②擦亮（鏡子等）。在此為①的意思。

② 隅：角落。

③ しゃれこうべ：骷髏頭。

びっくりした小僧はふすまに足を①引っ掛けてしまい、おばあさんは

その音に気づき、こちらを②振り向きました。

すると、おばあさんはいつの間にか頭には角が二本出ており、口は

耳まで裂け、さらに口からは③細長い舌を出していました。

「山姥だ。」と言って小僧は逃げようとしましたが、山姥は、「どこ

へ行くんだい。」とさらに怖い顔になりました。

「べ、便所へ行って、小便を出したいだけだ。」と小僧はやっとの

思いで言いました。

しかし山姥は「ここから出すわけにはいかねえ。」と言いながらこち

らに近づいてきました。

小僧はとにかく早く逃げないと山姥に食われてしまうと思い、「早く

便所へ行かないとここで漏らしてしまうぞ。」と必死になって言いまし

た。

◆ 字

① 引っ掛ける…①掛著。②勾到、撞到突起物。③穿上、披上。④欺騙。⑤一口喝下。在此為②的意思。

② 振り向く…①轉身回頭、回過頭。②回顧。在此為①的意思。

③ 細長い…細細長長的。

◆ 句

○ 小便を出す…上小號。

大吃一驚的小沙彌，嚇得不小心踢到紙門，聽到聲音的老婆婆，把頭轉了過來。

定睛一看，老婆婆的頭上不知何時長出了兩隻角，張著裂到耳朵的大嘴，口中還吐出又細又長的舌頭。

小沙彌大叫：「是山姥！」接著打算逃跑，但山姥卻說：「你要去哪裡。」並且面孔變得更加猙獰。

小沙彌好不容易擠出一句：「我想去廁、廁所小便。」

但山姥卻一邊逼近小沙彌，一邊説道：「我不能讓你從這裡出去。」

小沙彌心想如果不趕快逃走，就會被山姥吃掉，所以拚命懇求：「不趕快讓我上廁所的話，我就要尿在這裡囉。」

「そこまで言うなら、縄で縛ってから行け。」と山姥は小僧を縄で①縛り、便所に連れて行きました。

小僧は縄で縛られたまま便所に入り、山姥は外で待っていました。

山姥は外で、「早くしろやい。」と叫ぶので、小僧は：「まだ出るだ、まだ出るだ。」と言いながら、和尚さんに貰ったお札を一枚②取り出し、そのお札を縄に縛り付け、「まだ出るだ、まだ出るだ、と言え。」とお札に言い、小僧は便所の窓から③抜け出し逃げました。

逃げたことに気づいていない山姥は外で、「まだ終わらないのか?」と言い、小僧を待っていました。

お札は、「まだ出るだ、まだ出るだ。」と言いました。

「既然你都這麼說了，先讓我用繩子綁起來再去。」說完後，山姥用繩子把小沙彌綁起來，帶他去廁所。

小沙彌被繩子綁著進了廁所，山姥則留在外面等他。

聽到山姥在外面叫著：「快點上！」小沙彌嘴裡應著：「我還在上，我還在上。」邊拿出一張和尚給他的護身符，把它綁在繩子上，然後對著護身符說：「快說還在上，還在上。」接著，小沙彌就從廁所的窗子爬出去逃走了。

沒有發覺小沙彌已經逃走的山姥，在外面問著：「還沒好嗎？」

繼續等著小沙彌。

護身符說：「還在上，還在上。」

◆字

① **縛る**：綁住。

② **取り出す**：取出。

③ **抜け出す**：① 溜出、逃出。② 毛髮開始掉落。在此為①的意思。

◆句

～てから：表示某一動作、活動之後。前接動詞連用形。

あまりにも遅いので山姥は不思議に思い、便所のドアを開けてみたら、お札が喋っているではありませんか。

山姥は①怒り狂い、「あの小僧、騙しやがって。」とお札を破り捨て、小僧を追い掛けました。

山姥はとても足が速く、小僧にもう少しで追いつきそうな時に、小僧はもう一枚のお札を出して、「大きな川になれ。」と言いました。

そうすると、そこには大きな大きな川が瞬く間にでき、山姥は川に流されてしまいました。

「ざまあ見やがれ。」と流されていく山姥を見て小僧は言い、逃げて行きました。

しかし、さすがの山姥は、近くの岩山に②しがみ付き、それから川の水を③がぶがぶ飲み始めました。

そして川の水を全て飲み込んでしまい、川はあっという間に無くなってしまったのです。

◆ 字

① 怒り狂う…十分生氣惱怒、大發雷霆。

② しがみ付く…緊緊抓住，摟住不放。

③ がぶがぶ…咕嚕咕嚕地（飲液態品時，如水、酒等。）

◆ 句

○ あまりにも…太過於～、很～。

○ 〜やがって…表示「做」，等同於「する」，帶有鄙視、臭罵的語氣。前接動詞連用形。

○ ざまあ見やがれ…（諷刺）表示活該的意思。

因為小沙彌實在太慢了，山姥覺得很奇怪，打開廁所的門一看，發現講話的居然是護身符。

山姥氣得抓狂，大罵：「那個小沙彌居然敢騙我。」說完便撕破了護身符，出去追趕小沙彌了。

山姥的腳程非常快，就在快要追上小沙彌時，小沙彌又抽出一張護身符說：「變出一條大河。」

話一說完，眼前立刻出現一條大河，把山姥沖走了。

「你活該。」小沙彌看著被沖走的山姥吐出這句話後，便趕緊逃走了。

但山姥不愧有兩把刷子，她攀住了附近的岩石，接著咕嚕咕嚕地大口喝起河川的水。

然後她把河水全部喝光，所以大河一下子就消失了。

それから山姥はまた小僧を追い掛けました。

そして、また山姥がもう少しで小僧に追いつきそうになると、小僧は三枚目のお札を出し、「火の海になれ。」と言いました。

そうすると、そこには①めらめらと大きな火の②渦ができ、山姥を襲いました。

③たちまち山姥は火に囲まれてしまい、④行き場を失ってしまいました。

すると、山姥は先ほど飲み込んだ川の水を吐き出し、みるみる火は消えていきました。

それからまた小僧を追い掛け始めました。

小僧はまた必死に逃げ、⑤ようやく寺の近くまで来ました。

そしてお寺の戸を開けようとしましたが、鍵がかけられていました。

之後，山姥再次上前追趕小沙彌。

眼看山姥只差一點就要追上小沙彌時，小沙彌抽出第三張護身

符，嘴裡念著：「變出一片火海。」

話一説完，當場出現巨大的火焰漩渦，朝山姥襲去。

山姥馬上被火焰包圍，寸步難行。

於是，山姥吐出剛才喝下的河水，火焰便逐漸消失了。

接著，山姥又開始追趕小沙彌。

小沙彌還是死命地逃，總算好不容易跑到寺廟附近了。

但當他想打開寺廟的門時，門卻被鎖上了。

◆ 字

① めらめら：熊熊地燃燒貌。

② 渦：漩渦。

③ たちまち：① 立刻。② 突然。在此為①的意思。

④ 行き場：可以去的地方。

⑤ ようやく：終於。

◆ 句

○ 火に囲まれる：被火包圍。

「和尚さん、今戻った。和尚さん、今戻った。」と、どんどん
①必死になって戸を叩きましたが、和尚さんは②知らん顔をして
いて、中々戸を開けてくれません。

「山姥が襲ってくる。早く開けてくれ。」と泣き叫びましたが、
和尚さんは、「あんな③悪戯小僧は一度山姥に食われた方がいいじ
やろ。」と中々戸を開けてくれません。

「和尚さん、そんなこと言わないで、開けてくれよ。」と小僧
は和尚さんに泣きながらお願いしました。

「うるさい小僧じゃのう。今わしは餅を食ってるんじゃ。」と言
い、全く戸を開ける④様子はありません。

① 必死に…拚了命地。

② 知らん顔…裝做不知情的樣
子。

③ 悪戯…惡作劇。

④ 様子…①情形、情況。②樣
子、姿態。③跡象、徵兆。
在此為③的意思。

◆ 句

○ 戸を叩く…敲門。

170

小沙彌咚咚地拚命敲門，大喊著：「師父，我回來了。師父，我回來了。」但是，和尚卻佯裝不知，遲遲不替他開門。

雖然小沙彌哭喊著：「山姥要來抓我了，快點幫我開門。」但和尚卻說：「這麼愛調皮搗蛋的小沙彌，不如被山姥吃掉才好呢！」還是遲遲不幫他開門。

小沙彌哭著向和尚哀求：「師父，別這麼說，幫我開開門呀。」和尚卻回應：「這個小沙彌真是囉嗦。我現在在吃年糕呢！」完全沒有要幫他開門的跡象。

「もう今日から良い子になる。お寺の掃除も①一生懸命やる。そして②立派な和尚になる。だから開けてくれよ。」と小僧はお願いしました。

すると、戸が急に開き、和尚さんは小僧をお寺の中に居れ、そして③ぴしゃりと戸を閉めました。

そして和尚さんは小僧を④壷の中に隠しました。

山姥はとうとう戸の前まで来て、そして戸を⑤打ち破り、入ってきました。

「今、ここへ小僧が入ってこなかったか。小僧はどこに居る?」

「小僧なんて来てないわい。」

和尚さんはそう言いながら餅を焼いて食べていました。

「嘘言うでない。小僧を出さないなら、和尚を先に食うてしまうぞ。」

山姥は和尚に襲いかかろうとしました。

於是小沙彌向和尚懇求：「我從今天起會當個好孩子。寺裡的掃除工作也會認真好好做，而且以後會當個好和尚。所以請幫我開門吧。」

話一說完，門就突然打開了；和尚把小沙彌帶進寺中，然後砰地一聲關上門。

接著，和尚把小沙彌藏在壺裡。

山姥終於來到門前，強行破門而入，進了寺廟。

「小沙彌剛才是不是進來了？他在哪裡？」

「才沒有什麼小沙彌來這裡呢。」

和尚邊說，邊烤年糕來吃。

「你可不能說謊話。如果不交出小沙彌，我就先把你給吃了。」

山姥一副準備襲擊和尚的模樣。

◆字

① 一生懸命（いっしょうけんめい）：十分努力的、拚命的。

② 立派（りっぱ）：①華麗、堂皇。②優秀、卓越。③充分。在此為②的意思。

③ ぴしゃり：①形容用力關上門、窗的聲音、碰然一聲。②形容用力敲打手掌的聲響、啪嚓一聲。③形容潑起水花的聲響。④形容固然不接受的樣子。⑤形容洽到好處。在此為①的意思。

④ 壺（つぼ）：茶壺、罐子。

⑤ 打ち破る（うちやぶる）：打破。

「わしを食うのか？だったらわしと①化け比べして、お前さんが勝ったら、わしを食ってもよかろう。」と和尚さんは②提案しました。

すると山姥は山のように大きくなり、「どうだ、何にでも化けてやるぞ。」と和尚を上から③睨み付けました。

和尚向山姥提議：「妳要吃我嗎？既然如此，妳就和我較量較量法術，如果妳贏了，就可以把我吃了。」

於是，山姥變得像山一樣龐大，從上方瞪著和尚，問他：

「怎麼樣？不論要我變成什麼，我都能變出來。」

◆ 字

① 化け比べする：法術比試。

② 提案する：提議、提案。

③ 睨み付ける：瞪著眼看。

「これは恐ろしい。だが、①豆つぶくらいに小さくなることはさすがの山姥も無理じゃろ？」と和尚は言いました。

「そんな簡単なこと。」と山姥はみるみると豆つぶのように小さくなっていきました。

すると、それを見ていた和尚さんは、焼けて熱くなった餅を二つに割って、その豆つぶぐらいになった山姥を、餅の中に②挟んでしまいました。

それから、自分の口の中へ放り込んで、③むしゃむしゃ食べてしまいました。

それからというもの、この辺りでは山姥が出るという噂は無くなりました。

そして小僧は立派な和尚となっていったそうです。

◆字

① 豆つぶ…小豆子。

② 挟む…插在、夾在兩個物品之中。

③ むしゃむしゃ…①狼吞虎嚥地。②蓬亂地。在此為①的意思。

和尚説：「這可真可怕。但就算妳是山姥，妳也沒辦法變得像顆豆子那麼小吧？」

「根本易如反掌。」説完，山姥就愈變愈小，最後像顆豆子那麼小。

看到這副景象的和尚，把烤得熱騰騰的年糕掰成兩半，再把變成豆子大小的山姥夾在年糕裡。

接著，他把年糕放進自己的口中，狼吞虎嚥地吃下肚了。

從此之後，這一帶就再也沒有山姥出沒的傳聞了。

而且，據説小沙彌後來成為一位優秀的和尚。

三枚のお札

多虧了護身符，小和尚才得以逃離山姥的手掌心，免於被吃掉的命運。故事中的護身符（お札），其由來可以追溯到平安時代（西元七九四年～一一九二年），當時陰陽道興盛，無論是看風水、測凶吉等生活大小事，大多都會向陰陽師尋求意見和協助，此時陰陽師會視情況給予護身符來幫助信眾驅趕災難，招來幸福。隨著陰陽道逐漸滲透於民間的同時，神社、神宮也開始陸續推出了お札。

陰陽師的護符與神社、神宮的お札，都是紙製的護身符，其差異除了宗教派系不同外，其樣式也是有所區別的。護符通常都是以特殊的文字構成，而お札上則多印有神像、神佛的法號。雖然兩者之間有這些差距，但都是用來提供信眾攜

帶在身上，作為護身符使用的。但因為必須隨時配帶在身上才會具有效力，所以後來便發明了能將護符與お札收好的小錦囊，之後就逐漸形成為現今的御守（お守り）。

而怪談中小和尚所使用的お札，算是哪一類的護身符呢？就使用方法來看，應是比較類似於另一種的符咒，那就是陰陽師常用的式札，即召喚式神時使用的符咒，被召喚出來的式神會來替自己檔煞、解危。以最知名的陰陽師——安倍晴明為例，他的式神為十二天將，安倍晴明靠著這些法力強大的式神們替朝廷出力，立下了不少的功勞。

おに
鬼ムーチー

15 鬼ムーチー

昔、大里という村がありました。その村にはお父さんとお母さんを早く失った、タルーという名前の大変大きな身体で優しい兄とウターという名前のとても可愛らしい妹の二人兄弟が住んでいました。

妹のウターはとても①兄思いで、「にーにー、隣のおばあから、たっくさんの芋を貰ってきたよ。」と兄の②好物をよく貰ってきていました。

兄のタルーも、「手が空いたから、畑を手伝いましょうか。」と同じ村の人の③畑仕事を手伝う等していたので、この二人兄弟は村中からとても仲が良く④思いやりのある兄弟だと⑤感心されていました。

そして兄は身体も大きく⑥力持ちということもあり、畑仕事だけではなく、家の修理や⑦井戸堀り等、たくさんの仕事を頼まれるようになりました。

にされるようになり、それでも兄は嫌な顔一つせず、朝から晩まで一生懸命働きました。

◆字

① 兄思い…很為哥哥著想的（妹妹或弟弟）。

② 好物…喜歡的事物或食物。

③ 畑仕事…農事的工作。

④ 思いやり…貼心、替人著想。

⑤ 感心する…感到欽佩、感動。

⑥ 力持ち…很有力氣的、力量很大的。

⑦ 井戸掘り…挖掘水井。

鬼餅

很久以前，有一座名叫大里的村子。那座村子裡住著一對從小就失去

父母親的兄妹。哥哥的名字是達魯，身材非常高大，個性很溫柔；妹妹名

字叫烏達，長得非常可愛。

妹妹很敬愛哥哥，時常帶哥哥愛吃的東西來：「哥～哥～，隔壁的婆

婆給了我們很多芋頭喔！」

哥哥達魯也會主動對同村的人表示：「我現在有空，來幫你種田

吧！」因此，這兩兄妹之間深厚的手足之情，以及細心體貼的個性讓全村

的人都為之欽佩。

而且，也因為哥哥的身材高大，力氣十足，於是他成為村人們仰賴的

對象，不單是農事，還會被託付許多工作，像是修補房子和挖井等。

儘管如此，哥哥卻從不露出厭煩的表情，從早到晚都很努力地工作。

◆句

○ **手が空いている**：有空閒。

○ **頼りにされる**：被依靠。

○ ～**ようになる**：變得～、逐
漸～，表示動作、事態的變
化。

ウターは①年頃になると、隣村の人の所へ嫁いでいきました。

ウターは一人っきりになるタルーを心配しましたが、兄はウターが嫁ぐことを自分のことのように喜んでくれましたので、ウターは安心して隣村へ②引っ越していきました。

それから数日経った日のことです。

夜中に、③ドスン、ドスンという音が村中に④鳴り響きました。

そして、家畜の羊や豚の泣き叫ぶ声も聞こえてきました。

何事かと村人達が目を覚まし、外を見ると、そこでは大きな大きな鬼が家畜を食べていました。

而烏達成為一位妙齡少女後，就嫁到鄰村的某戶人家。

烏達雖然放心不下孤身一人的達魯，但看到哥哥達魯感同身受地替自己的出嫁感到開心，所以烏達也放心地搬到鄰村了。

之後過了幾天。

砰、砰，有如重物墜地的聲音在半夜響遍了全村。

接著，也傳來了羊和豬等家畜的啼哭聲。

不曉得發生什麼事的村人們清醒過來，往外一探，看到有隻巨大的惡鬼正在吃家畜。

◆字

① 年頃（としごろ）…①從外表看大概年齡。②適婚年齡。在此為②的意思。

② 引っ越す（ひっこす）…搬家。

③ ドスン…形容很大的聲響、撞擊聲。

④ 鳴り響く（なりひびく）…響徹雲霄。

その姿を見た村人達は①仰天し、一目散に逃げていきました。

朝になって村に戻ってみると、見るも無残に食べられた家畜の②残骸が残っていました。

それからというもの、毎晩毎晩鬼が現れて。では、家畜を盗んで食べていくようになりました。

看到這副景象的村人們大驚失色，馬上拔腿就跑。

到了早上，回到村裡一看，滿地都是吃剩的家畜殘骸，相當慘不忍睹。

從此之後，惡鬼每晚都會現身，把家畜偷走吃掉。

◆字

① 仰天する：驚訝至極。

② 残骸：①戰爭或災難後，殘留下來的屍體。②被破壞而失去原型的物品。在此為①的意思。

◆句

○ては：①如果……就……。②每逢……就……。在此為②的意思。前接活用語連用形，其中接在な行、ま行、が行、ば行、五段動詞下面時會發生音便，即ては變成では。

そして①とうとう村中の家畜が食べられてしまい、次第に逃げ遅れた老人や子供たちまでも襲われるようになりました。

「このままでは村が②滅茶苦茶にされてしまう。あの大きな身体のタルーなら鬼を追い払うことができるかもしれんが、タルーは一体何をしておるんじゃ。」

「タルーなら間違いなく鬼を追い払ってくれるだろうが、最近は見ないのう。畑仕事にも姿を見せないし。」と、今回もタルーを頼りにしようと村人達は思いましたが、タルーの姿が③見当たりません。

この噂はたちまち、隣村まで広まり、そしてウターの耳にも入るようになりました。

心配になったウターはすぐに村に戻りました。

ウターは兄がどこに行ったのか心配になり、もしかして鬼に食べられてしまったのかとも思いましたが、あんなに身体の大きな兄が簡単に食べられるわけはないと探し続けました。

過了一段時間，村中的家畜都被吃光了，於是惡鬼開始襲擊來不及逃跑的老人和小孩子們。

「再這樣下去，村子會被搞得天翻地覆的。那個身材高大的達魯，說不定有辦法趕走惡鬼，但是他現在到底在幹什麼呢？」

「如果讓達魯來，他一定可以幫我們趕走惡鬼，可是最近都不見他的人影。下田的時候也都沒看到他。」村人們雖然這次也想拜託達魯出馬，但是四處都找不到他的蹤影。

這個傳聞立刻散播開來，甚至傳到鄰村，也傳入烏達的耳中了。

滿心憂慮的烏達立刻回到村裡。

烏達很擔心，不知道哥哥跑到哪裡去了，也曾猜想哥哥是不是被惡鬼吃掉了，但是身材那麼壯碩的哥哥，絕不可能如此輕易地被惡鬼吃掉的，所以烏達還是不停地尋找哥哥的下落。

◆字

① とうとう：終於、終究。

② 滅茶苦茶：亂七八糟、混亂。

③ 見当たる：找到、看到。

◆句

○ 姿を見せる：現身。

○ 耳に入る：傳到耳裡。

○ わけはない：沒有理由、不合道理、不可能。

そして夜になり、また鬼が現れました。

ドスン、ドスン。ウターが家に隠れ、そっと鬼を見ると、そこには確かに大きな身体をした鬼が居ました。鬼をよく見ると、どこか兄の①面影があるように妹のウターには感じられました。

まさかとは思いましたが、鬼が現れたと同時に兄の姿が見えなくなったことを考えると、鬼が兄であるしか考えられなくなりました。

しかし、あまりにも恐ろしく、また②ショックだったので、鬼に声をかけることはできませんでした。

そして次第に鬼は村でますます多くの悪さをするようになっていきました。

「あんなに優しくて思いやりのあるにーにーだったのに……。」とウターは悲しみましたが、ウターは「一度確かめに行こう。そして妹である私が村の人達の為に、にーにーの責任を取る。」と決めました。

接著，夜晚來臨，惡鬼又出現了。

砰、砰！烏達躲在家裡，悄悄地朝惡鬼望去，那裡的確有一隻體格龐大的惡鬼。仔細一看，做妹妹的烏達卻覺得惡鬼的模樣頗有幾分哥哥的影子。

雖然她心裡覺得不可能，但是想到當惡鬼出現後，哥哥也同時不見蹤影，所以也不得不猜想惡鬼就是哥哥了。

但是，這個想法實在太過駭人，而且對烏達來說是個打擊，所以烏達一直沒辦法向惡鬼搭話。

之後，惡鬼在村中做的壞事也逐漸變多了。

「原本那麼溫柔體貼的哥哥……。」烏達難過地說著。但烏達最後下定決心：「我還是去確認一次吧。還有，為了村裡的人們，身為妹妹的我得替哥哥負起這個責任。」

◆ **字**

② ショック：驚嚇、打擊。

① 面影（おもかげ）：樣貌、模樣。

◆ **句**

○ 〜しか〜ない：只有。

○ あまりにも恐（おそ）ろしい：非常恐怖、太恐怖了。

○ 悪（わる）さをする：做壞事、做不好的事。

○ 責任（せきにん）を取（と）る：負起責任。

それと同時にウターは兄の大好物のムーチーを思い出しました。

「にーにーだったら大好物のムーチーに①飛びつくはずだ。」と、台所へ行き、鍋いっぱいにお餅を②ふかしました。

それから兄が使っていた③大鉈を使い、瓦を④こなごなに割りました。

そのこなごなになった瓦をお餅の中に⑤練り込みました。

そしてそれを隠す為に、濃い香りがする月桃の葉に包みました。

たくさんのムーチーを作り、ざるに入れて、鬼が居る洞窟に向かいました。

そして洞窟の中に向かって、「にーにー。」と叫びました。

洞窟に着いた時には夜になり、周りは真っ暗で歩くのも精一杯な程でした。

そして洞窟の中に向かって、「にーにー。」と叫びました。

しばらくすると、「だーれーだー？」と大きな声が聞こえてきました。

◆字

① 飛びつく…飛奔而來。

② ふかす…蒸煮。

③ 大鉈…很厚的大刀。

④ こなごな…粉碎的、碎末狀的。

⑤ 練り込む…把～搓揉進去、熬練進去。

◆句

○～香りがする…有……的香味。

○～に向かう…①朝著……而去。②面向。③接近……。在此為①的意思。

190

同時，她也想起哥哥最愛吃的鬼餅。

「如果他真的是哥哥，看到最喜歡的鬼餅應該會飛奔過來吧。」於是，烏達走到

廚房，蒸了一整鍋的麻糬。

接著，她用哥哥以前使用的大刀，把瓦片剁個粉碎。

她把那些剁得粉碎的瓦片摻進麻糬之中。

為了不被發現，她用香味濃郁的月桃葉把麻糬包了起來。

她做了很多鬼餅，將鬼餅放進竹簍後，朝著惡鬼住的洞窟出發了。

她抵達洞窟時已經是晚上了，周圍一片漆黑，連走路也得費盡全力。

她對著洞窟裡面大喊：「哥～哥～」

過了一會，從裡面傳出響亮的聲音：「是～誰～啊？」

やがて洞窟の中から①のっそりのっそりと大きな黒い塊のようなものが出てきました。

ウターがそれを恐る恐る見上げると、そこには髪も髭も②ぼーぼーに伸び、目は赤く③腫れ上がり、口には牙が生え、頭には角が二つ生えた鬼がいました。

そしてそれは恐ろしい形相をして、ウターを④見下ろしていました。

やはり、兄が鬼になってしまっていたのです。

「ウターか？⑤久しぶりだなー。洞窟の中へ入れ。ちょうど腹が減ってたんだ。」と言うと同時にウターの腕を⑥引っ張り、洞窟の中に⑦引きずり込みました。

◆字

① のっそり…動作遅鈍地。

② ぼーぼー…形容劇烈、茂盛的意思。

③ 腫れ上がる…腫起來。

④ 見下ろす…①由上往下看。②藐視他人。在此為①的意思。

⑤ 久しぶり…好久不見。

⑥ 引っ張る…①強拉著。②伸長、拉長。在此為①的意思。

⑦ 引きずり込む…①拉進、拖入。②強迫人參加。③以違法的手段強取他人物品。在此為①的意思。

◆句

○ 牙が生える…長出獠牙。

沒多久，有一大團黑色的東西慢吞吞地從洞窟裡走出來。

烏達提心吊膽地抬頭一看，看到了長得好長好長的頭髮和鬍鬚，以及又紅又腫的眼睛，口中長著獠牙，頭上還生了兩隻角。

而且，他還露出猙獰的面貌俯視著烏達。

果然，哥哥真的變成惡鬼了。

「這不是烏達嗎？好久不見了。妳趕快進來洞窟吧。我剛好肚子餓了呢。」惡鬼說完的同時抓住了烏達的手臂，把她拖進洞窟裡。

洞窟の中には、牛や羊等の骨が①散らばっていました。

そして洞窟の奥まで連れて行かれると、「さて、いったい何の用でここまで来た？俺に何の用だ？」と鬼は②相変わらず恐ろしい形相で言いました。

ウターは恐ろしさのあまりすぐには声が出ませんでしたが、鬼がずっとウターを見ていたので、やっとの思いで、「今日はにーにーの大好物のムーチーを持ってきたよ。たっくさん作ったから食べてもらおうと思って、持ってきたわけさ。」

「ムーチーか。俺の大好物さー。早く出せや。」

「ここには無いよ。綺麗な海を眺めながら一緒に食べようと思って、向こうの岬に置いてきたさ。」

「景色なんてどうでもいいわ。さっさとムーチーのある所へ連れて行けや。」と、鬼はウターの後ろをのっそのっそと付いて行きました。

194

洞窟裡，散佈著牛和羊等動物的骨頭。

而烏達就這樣被帶進洞窟深處，惡鬼一臉猙獰地開口問她：「妳是為了什麼事跑到這裡來？妳找我有什麼事？」

烏達因為太過恐懼，根本發不出聲音來，但是惡鬼一直看著她，她才好不容易回答道：「我今天帶了哥哥你最喜歡吃的鬼餅喲。我做了很多，也想讓你嚐嚐，所以才會過來這裡。」

「鬼餅嗎？那是我最愛吃的東西了。妳還不趕快拿出來。」

「我現在身上沒有啦。我原本打算要和你一起一邊看著美麗的大海一邊吃，所以我先放在對面的岬角了。」

「風景什麼的根本不重要。妳趕快帶我去有鬼餅的地方吧。」惡鬼說完後，便慢慢吞吞地跟在烏達後面一起走了。

 字

① **散らばる**：①各奔東西、四處分散。②散亂一地、雜亂。在此為②的意思。

② **相変わらず**：照舊、仍舊、不變。

 句

○ **恐ろしさのあまり**：太過於害怕、太過於驚嚇。

○ **どうでもいい**：怎樣都可以。（表示不在意）

そして岬に着いて、鬼は待ちきれずに、「ムーチーはどこさ？早く食わせろ。」と大きな手をウターの前に出しました。①

「は、はい。ちょっと待っててよ。」と、ウターはざるにいっぱいのムーチーを差し出しました。

鬼はざるに入っているムーチーを②鷲掴みにし、そのまま大きな口へ③放り込みました。

最初は美味しそうに食べていましたが、やがて、「いてぇ、いてぇ。」と叫び始めました。

ムーチーに練り込まれた瓦の④破片が鬼の喉や口に突き刺さり、激しい痛みが鬼を襲いました。

それを見たウターは、とても悲しくなりました。そして助けてあげたい気持ちになりました。

◆字

① 食わせる…①讓我吃。②撫養。在此為①的意思。

② 鷲掴み…①像鵰再狩獵時，將獵物猛然抓起的模樣，表示大把抓起。②捕撈貝類的器具。在此為①的意思。

③ 放り込む…投入、放入。

④ 破片…碎片。

◆句

○ 待ちきれず…等不及。

到了岬角之後，惡鬼迫不及待地問烏達：「鬼餅在哪裡？快點給我吃。」說完，便在烏達面前伸出他的大手。

烏達回應著說：「好、好，你等一下唷。」烏達將裝滿鬼餅的竹簍交給了惡鬼。

惡鬼一把抓起裝在竹簍裡的鬼餅，直接往他的大嘴裡塞。

他一開始還吃得津津有味，但沒多久便開始大叫：「好痛、好痛。」

摻進鬼餅裡的磚瓦碎片刺破了惡鬼的喉嚨和嘴巴，讓他感到一陣劇痛。

看到這副景象的烏達，心裡覺得非常悲傷。並且萌生了想要救哥哥的想法。

しかし①チャンスは今しかありません。

そしてウターは鬼の背中を力一杯押し
ました。

鬼は海の中へ落ちていきました。

鬼は海の中へ消え、そして浮かび上がっ
てくることはありませんでした。

ウターは暫く海を見続け、大粒の涙を
流し、そして朝まで泣き続けました。

その日は②旧暦の十二月八日だったこ
とから、その日を③厄払いの日として、今
でも月桃の葉でムーチーを作り、安全と健
康を④祈るようになりました。

198

但是，現在是唯一可以幫助村子的機會。

於是，烏達用盡全身的力量推了惡鬼的背。

惡鬼就這樣掉進了海裡。

惡鬼消失在大海之中，之後就再也沒有浮上來了。

烏達望著大海好一段時間，流下了大顆的淚珠，一直哭到早上。

因為那天是農曆的十二月八日，所以將這天作為驅凶避邪之日，

直到現在，人們還會用月桃葉製作鬼餅，來祈求平安和健康。

◆ 字

① チャンス：機會、時機。

② 旧暦（きゅうれき）：農曆。

③ 厄払い（やくばらい）：消災解厄、驅凶避邪。

④ 祈る（いの）：祈求。

鬼ムーチー <ruby>鬼<rt>おに</rt></ruby>

鬼餅的製作方式

鬼餅是日本沖繩的傳統甜點之一，就像怪談中提到，現在只要到了農曆十二月八日大家都會吃鬼餅，來祈求平安與長壽。而鬼餅到底有什麼樣的滋味，讓惡鬼都抵擋不了呢？讓我們一起動手做做看！

需要材料

糯米粉	1kg
黑砂糖	260g
水	750cc
月桃葉	約 20 片

（以上為五人份）

黑砂糖　　糯米粉

水　　月桃葉

香噴噴鬼餅

做法

一、將糯米粉與黑砂糖一起攪拌，接著將 750cc 的水分次加入，用手揉捏。

二、大約揉到如耳垂般的軟度後，用保鮮膜或是濕布包好後靜置 30 分鐘。

三、將糯米糰各分為 100g，捏成扁狀方型後，放在月桃葉的內側並包起來。

四、用繩子綁好之後，蒸煮約 30 分鐘就大功告成！

おいてけ堀

17 おいてけ堀

昔々、江戸の町のお①堀においてけ堀と呼ばれるお堀がありました。

そのお堀には水を②寄せ合う③淀みがあり、その淀みには夕暮れ時には鯉や鮒がそれはそれはたくさん集まってきていました。

そこに釣り糸を垂らせば、いくらでも魚が釣れました。

ところが、鯉や鮒を釣って帰ろうとすると、お堀の水の中から不気味な声で「おいてけ〜、おいてけ〜」と言う声が聞こえてくるのでした。

それでも魚を持って帰ろうとすると、その声は段々と大きくなり、④ついには辺りに響き渡る大声になりました。

⑤大抵の人は釣った魚も釣り竿も⑥ほっぽり出し、逃げて来てしまいました。

そんなことが⑦度重なって、人々はこのお堀のことをおいてけ堀と呼ぶようになり、誰もが寄り付かなくなりました。

◆ 字

① 堀…溝渠。

② 寄せ合う…互相靠在一起。

③ 淀み…①（河川、湖泊等的）淤積處。②不流暢。③沉澱物。在此為①的意思。

④ ついに…最終、終於、終究。

⑤ 大抵…①大致上、一般。②適當地。③大概、也許。在此為①的意思。

⑥ ほっぽり出す…猛然扔下、丟下。

⑦ 度重なる…重複、屢次。

置行堀

很久很久以前，江戶街道的護城河上有一條名叫置行堀的溝渠。那條溝渠是水流匯集的滯留之處，每到傍晚時分，就會聚集很多鯉魚和鯽魚。

只要在那裡放下魚線，無論要多少條魚都能釣得到。

但要是當釣客打算把釣到的鯉魚或鯽魚帶走時，溝渠的水裡就會傳出可怕的聲音：「放下再走～放下再走！」

即使如此，如果還是執意要把魚帶走的話，那股聲音就會逐漸變大，最後大到響遍四周。

大部分的人都會把釣到的魚和釣竿隨便一扔，然後逃之夭夭。

因為這樣的事情一再發生，所以人們開始把那條溝渠稱為置行堀，再也沒有人靠近。

◆ 句

○ **釣り糸を垂らす**：垂下釣魚線。

○ **いくらでも**：無論多少。（形容很多的意思）

ところが、ある所に、なんとも気の強い魚屋の主人がいました。

この噂を①聞きつけた魚屋の主人は、「そんな物が怖くて魚屋が出来るけえ。」と威勢の良い啖呵をきり、女房が止めるのも聞かず、そのお堀に②天秤棒を持って③ねじり鉢巻を巻いて④勇んで出掛けていきました。

さて、釣りを始めたご主人がそのお堀に釣り糸を垂らすと、⑤噂通り⑥数え切れない程の魚が⑦わんさか釣れました。

ご主人は⑧上機嫌になりました。

釣りに夢中になっていると、やがて周囲は段々と暗さを増し、冷たい風も吹いてきました。

しかし、早く帰ればいいものを、ご主人は後で仲間や女房に自分の肝が据わっていることを自慢する為に早く帰りたい気持ちを抑え、無理に煙草を吸って⑨一服しました。

◆字

① 聞きつける…①（偶然）聽到、聽聞。②聽習慣了。在此為①的意思。

② 天秤棒：扁擔。

③ ねじり鉢巻：綁在頭上的細長毛巾，或泛指把毛巾綁在頭上的一種。（日本文化的一種。表示團體的精神統一或增強氣勢信心的意思。）

④ 勇む：①提振精神、鼓起勇氣。②充滿鬥志。在此為②的意思。

⑤ 噂通り：如傳聞所言。

⑥ 数え切れない…數不清，形容數量很多。

⑦ わんさか…①形容擁擠、蜂擁而來。②形容數量很多。在此為②的意思。

不過，在某個地方有一位個性非常強悍的魚店老闆。

偶然得知這件傳聞的他，魄力十足地大罵：「如果我會怕這種東西，還開什麼魚店。」他不顧妻子的阻止，帶著扁擔，在額頭綁上頭巾，意氣風發地前往那條溝渠了。

話説，開始釣魚的魚店老闆，一把釣魚線放入溝渠後，便如傳聞所説，他釣到了很多魚，多到數也數不清。

魚店老闆的心情變得非常好。

他釣得渾然忘我，不久後周圍逐漸變暗，同時也吹起了冷風。

雖然魚店老闆也知道早點回去比較好，但是他為了之後向夥伴和妻子誇耀自己的膽量，所以壓抑了想早點回去的心情，勉強抽了一根菸，休息了一會。

煙草を①早々に吸い、②いよいよ帰ろうと③立ち上がったところ、「おいて〜〜」と案の定不気味な声が聞こえてきました。

ご主人は耳を塞ぎ、「つ、釣った魚をおいていけるけえ。」と啖呵をきり、そのまま走って逃げ、声が聞こえない所まで来ました。

そして少し休憩をしていると、カランコロンと何やら下駄のような音が聞こえてきました。④身構えたご主人の前に現れたのは色も透き通る様な美人でした。その美人は、「その魚を売ってくださいな。」と言いました。

しかしご主人は、「皆に見せるまでは誰にも売らねぇ。」と⑤言い張りました。

女が、「どうしても売ってくれないのかえ？」と言ったので、ご主人は、「売らねぇって言ったら売らねぇ。」と、怒鳴りました。

◆字

① 早々……①急忙。在此為①的意思。

② いよいよ……①愈來愈～。②終於、到底。③果真。在此為②的意思。

③ 立ち上がる：①站起來。②向上升起（煙等）。③著手進行。在此為①的意思。

④ 身構える：（敵對的）架式、姿態。

⑤ 言い張る：堅持著自己的說法。

◆句

○ 耳を塞ぐ：塞住耳朵。

○ 色も透き通る：皮膚的顏色呈現透明感，形容膚質明亮透徹。

他急忙地抽完菸，準備起身要回去時，果然聽見了傳說中的恐怖聲音：「放下再走～」

魚店老闆塞住了耳朵，破口大罵：「釣到的魚怎麼能放回去！」接著轉身逃跑，跑到聽不到聲音的地方。

接著，他休息了一會兒，卻聽到像是穿木屐走路的喀拉喀拉聲響。擺出防衛姿勢的魚店老闆面前，出現了一位膚色透白的美人。那位美人說：「請把那些魚賣給我吧。」

但是魚店老闆堅持地說：「讓大家看到之前，我誰也不賣。」

女子又再次地問他：「不管怎麼樣都不肯賣給我嗎？」魚店老闆聽了很生氣，大聲咆哮說：「我說過不賣就是不賣。」

すると女が、「これでもかえ？」と言って顔を①撫でると、何とその女の顔は②のっぺらぼうになっていました。

驚いたご主人は天秤棒を投げ出して逃げていきました。

於是，女子開口：「這樣也不賣？」接著摸了摸臉龐，結果，女子的臉竟然跟野箆坊一樣都沒有五官！

驚慌失色的魚店老闆，連忙扔出扁擔逃走了。

◆字

① 撫でる：①撫摸。②梳整。在此為①的意思。

② のっぺらぼう：沒有眼睛、鼻子、嘴巴的怪物，又稱野箆坊。

そしてようやく①辿り着いたのが、蕎麦屋の②屋台でした。

「おやじ、み、水をくれ。」と後ろを向いて③仕込みをしている蕎麦屋の主人に言いました。

ら、聞きました。

「そんなに息を切らしてどうなさったんです?」と、蕎麦屋の主人は仕込みを続けなが

「で、出たんだよ。あれが。」

震えながら事の詳細を話しました。

すると、蕎麦屋の主人が振り返り、「出たってい

うのは、こんな顔のやつかい?」

振り向いた蕎麦屋の主人の顔を見てみると、何と

のっぺらぼうでした。

魚屋のご主人は悲鳴をあげて腰が抜けた状態で

一目散に逃げていきました。

210

跑著跑著，魚店老闆總算跑到了蕎麥麵攤。

他向背對著自己處理食材的老闆說：「老爹，給、給我水。」

蕎麥麵攤的老闆繼續處理著食材，同時問他：「您跑得這麼喘，是發生什麼事了嗎？」

老闆道出事情的經過。

「出、出現了！那個。」魚店老闆一邊發抖，一邊向蕎麥麵攤的老闆道出事情的經過。

話一說完，蕎麥麵攤的老闆便轉過身來問他：「出現的是這張臉嗎？」

一瞧麵攤老闆回過頭來的臉龐，竟然是野箆坊。

魚店老闆發出一聲慘叫，嚇成兩腿發軟的狀態，頭也不回地逃走了。

◆字

① 辿り着く…好不容易才走到。

② 屋台…攤販。

③ 仕込み…①教育、教導。②（商店、餐廳）準備做生意的材料。在此為②的意思。

◆句

○ 息を切らす…喘得上氣不接下氣。

○ 悲鳴を上げる…發出尖叫。

○ 腰が抜ける…①腰閃到，無法站立。②嚇到無法站立。在此為②的意思。

一生懸命逃げたご主人は、ようやく家に着くことができました。

女房がご主人の姿を見て、「どうしんだえ？お前さん。」と聞いたので、ご主人は自分の身に起きた事を一切合切女房に話して聞かせました。

話を①聞き終わった女房は、「そうかえ、するとあんたの見たのっぺらぼうはこんなんじゃなかったのけぇ？」と顔を②一撫で、すると、何と女房までものっぺらぼうになっていました。

腰を抜かしたご主人はもう訳が分からずその場を逃げ出し、気絶してしまいました。

そしてもう二度と、おいてけ堀には行かないことを決めたのでした。

◆ 字

① **聞き終わる**：將（話）聽完。

② **一撫で**：輕輕碰了一下。

◆ 句

○ **身に起きる**：遭遇、碰到。

死命逃跑的魚店老闆終於回到了家。

妻子見到魚店老闆的模樣，於是問他：「你怎麼啦？」魚店老闆便把自己遭遇的事情一五一十地告訴妻子。

聽完丈夫娓娓道來的妻子，問了魚店老闆：「是嗎？那你看到的野箆坊是不是長得像這樣呢？」然後摸一摸臉，沒想到竟然連妻子也變成野箆坊了。

全身癱軟無力、站不起身的魚店老闆，已經搞不清楚狀況，當場奪門而出，接著暈了過去。

之後他決定，從此再也不去置行堀了。

おいてけ堀（ぼり）

置行堀的由來

置行堀為本所七大不可思議之一，是從江戶時代開始流傳於本所的怪談，其他六篇怪談分別為「送行提燈」、「送行拍子木」、「片葉的葦」、「燈無蕎麥」、「足洗邸」、「狸囃子」。本所為東京都墨田區一帶，關於怪談的篇數以及內容，其實眾說紛紜，而置行堀的內容、地點也有不同的說法。

版本一、

釣客們被聲音嚇到，留下魚籠逃跑。過了一陣子一起回到現場，結果發現魚籠裡的魚都消失了。

版本二、

有兩位釣客，一位將魚籠丟進溝渠逃跑了，但另一位則是抱著魚籠逃跑，但正當他要逃走之際，溝渠裡伸出了一隻手將他拖進了水中。

地點的部分，根據知名作家宮部美幸的「平成徒步日記」一書提到，約有三處最有可能是置行堀的遺址：

一、兩國車站與錦糸町車站之間的中心點。

二、錦糸町車站南側的「錦糸堀」（錦系堀公園附近）

三、龜戶的第三龜戶中學附近。

214

到底是誰在搗蛋？

嫌疑犯一：河童

REWARD ¥1,000,000

指證一、過去曾有人目擊河童出現於錦糸堀以及隅田川等案發現場周遭。

指證二、錦糸堀公園內立有河童像，同時設置了公告指出發出「放下再走～放下再走！」呼喚聲的就是河童！

嫌疑犯二：狸貓

REWARD ¥1,000,000

指證一、案發現場周邊的多聞寺有狸貓塚，間接證實了有狸貓曾棲息於此地。

指證二、有人指出愛嚇人的無臉妖怪—野篦坊，其實就是由擅長變身的狸貓變身而成！

雖然每個說法都大不相同，並且各有擁護者，就算想要探討真相，置行堀也早已

被夷為平地無從查證，儘管如此《置行堀》依舊是世人津津樂道的經典怪談！

河童的相關諺語・慣用語

■陸に上がった河童■

諳水性的河童，一旦到了陸地上能力就相對減弱了。比喻怎麼做都無法發揮原本實力，似英雄無用武之地。

■河童に水練を教える■

教導本來就會游泳的河童游泳。表示在行家前賣弄本事，班門弄斧。

■河童の川流れ■

即使是擅長游泳的河童，有時也會被湍急的川流沖走。表示人有失足，馬有失蹄。

■河童の木登り■

平時在水中生活的河童爬樹，用來比喻做不拿手的事。

狸貓的相關諺語・慣用語

■狐と狸の化かし合い■

擅於使用法術的狐狸和狸貓互相較勁。形容彼此互相欺瞞，爾虞我詐。

■狸が人に化かされる■

狸貓常常把人類騙得團團轉，但偶爾也有相反的情況。比喻反被將了一軍。

■狸寝入り■

據說狸貓是很膽小的動物，只要被嚇到，就會像睡著一樣突然失去意識。用來形容人只要遇到不利的情況時就會裝睡。

■捕らぬ狸の皮算用■

獵人在獵捕狸貓前，會先盤算利益。比喻人打如意算盤。

うしおにぶち
牛鬼淵

19 牛鬼淵

昔々、伊勢の山奥に牛鬼淵と呼ばれる深い淵があって、そこには顔が牛で体が鬼という恐ろしい化け物が住んでいると言われていました。

ある日、若い木こりと年寄りの木こりが①小屋掛けをして、この山奥に入って、木を切り出していました。

それから何日か経ったある夜の事、食事も終わって二人は囲炉裏の前で暖を取っていました。

若い木こりは、酒を飲みながら②くつろいでいました。年寄りの木こりはノコギリの③手入れをしていました。

「④何も毎晩毎晩刃の手入れなんぞしなくてもいいのに。」

がら見ていました。

「馬鹿言え、木こりが道具を⑤粗末にしてどうする。山の神様の罰が当たる。」

と若い木こりは酒を飲みな

♪20 牛鬼淵

很久很久以前，在伊勢的深山裡有個被稱為牛鬼淵的深淵，據說裡面

住著一個牛頭鬼身的可怕怪物。

有一天，年輕樵夫和年邁樵夫搭建了臨時的木屋，然後進入這座山的

深處，開始砍樹。

接著，在幾天後的某個晚上，吃過晚餐後，兩人坐在地爐前取暖。

年輕樵夫喝著酒放鬆休息；年邁樵夫在保養鋸子。

年輕樵夫邊喝酒邊看著年邁樵夫，對他說：「用不著每天晚上都保養

刀刃吧？明明不做也沒關係啊？」

「說什麼傻話，我們樵夫怎麼能隨便處理工具？這可會遭到山神的處

罰。」

◆字

① 小屋掛け…建造臨時的小屋。

② くつろぐ…①放鬆、休息。②不必拘束於禮節。在此為①的意思。

③ 手入れ…修理、整理、保養。

④ 何も…①表示全面的否定。②何必、沒必要。在此為②的意思。

⑤ 粗末…①粗糙的、簡陋的。②不用心、怠慢。在此為②的意思。

◆句

○ と言われている…傳説～、傳聞～。

○ 罰が当たる…受到懲罰、受到處罰。

「またいつもの①説教かい。」

「山を甘く見ちゃいけねえ。山には、恐ろしい物がいっぱいおるんじゃ。」などと話をしていました。若い木こりは酒も回②うとうとしだした頃、年寄りの木こりが、「だ、誰じゃ。」と言いました。若い木こりも目が覚め、③戸口の方を見ると、男がこちらを覗き込んでいました。

「何をしておるんじゃ？」と妙な男が④話しかけてきました。

「ノコギリの手入れをしておるんじゃな。」と、年寄りの木こりが答えました。

「そのノコギリは◦木を◦引くんじゃな？」

「そうじゃ。」

「ノコギリの手入れをしておるんじゃな。」と、年寄りの木こりが答えました。固い木を切ると⑤痛んで

◆字

① 説教：講道理、説教。

② うとうと：打瞌睡。

③ 戸口：門口。

④ 話しかける：向他人搭話。

⑤ 痛む：①身體因生病或受傷而疼痛。②感到苦惱、傷心。③破壞、毀損。在此為③的意思。

◆句

◦ 甘く見る：小看了、輕視。

◦ 酒が回る：喝酒醉。

◦ 木を引く：砍伐樹木。

「你又要像平常一樣說教了嗎？」

「你可不能小看山。山裡面有很多可怕的東西啊。」當年邁樵夫一邊說著，年輕樵夫因不勝酒力而開始打瞌睡時，年邁樵夫開口說道：「是、是誰呀！」

年輕樵夫也清醒過來，往門口一看，看到有個男人正窺探著這裡。

這個怪異的男人主動詢問：「你在做什麼？」

年邁樵夫回答：「我在保養鋸子。每當鋸下堅硬的木頭時，鋸子也會受損。」

「那把鋸子是用來鋸樹的嗎？」

「是啊。」

「じゃがな、これを見てみろ。この最後の所に付いている三十二枚目の刃はな、①鬼刃と言って、鬼が出て来たら②挽き殺すんじゃよ。見せたろうか?」と年寄りの木こりが言うと、男はすうっとどこかへ行ってしまいました。

「妙な男じゃな。こんな遅い時間に。」

「不思議な男だな。」

「まさか牛鬼じゃあるまいな?」

「まさか。あれは確かに人間じゃった。」

「そうじゃの。牛鬼は顔が牛で体が鬼じゃ、人間には化けんじゃろ。」などと話をしているうちに夜は更けていきました。

③さて、次の日は朝早くから二人の木こりは働き、そして夜になり、二人はいつものように囲炉裏の前で、年寄りの木こりは刃の手入れを、若い木こりは酒を飲んでいました。

222

「不過，你也看看這個。最尾端的第三十二片刀刃，叫做鬼刃，如果遇到鬼怪出沒的話，就用鬼刃鋸斷他的脖子。我給你瞧瞧吧！」

當年邁樵夫這麼一説，男人便悄悄地不知往何處去了。

「真是個奇怪的男人。居然在這麼晚的時間出現。」

「真是個不可思議的男人。」

「他該不會是牛鬼吧？」

「怎麼可能！他的確是人類吧。」

「是嗎？牛鬼是牛面鬼身，但也會化為人形吧？」就在兩人的談話中，夜更深了。

隔天，這兩位樵夫也是一大早就開始工作，然後到了晚上，兩人像平常一樣，坐在地爐前，年邁樵夫保養刀刃，年輕樵夫喝著酒。

◆ 字

① **鬼刃**（おにば）：鬼之刀刃。

② **挽き殺す**（ひきころす）：用鋸的方式殺死。

③ **さて**：①那麼……。②於是……、然後……。①表示結束前述話題，開始新話題。②表示某事接在前句所述事情之後。在此為①的意思。

すると、また昨夜の男が覗きこんでいました。そして「何をしておるんじゃ？」と①尋ねてきました。

「ノ、ノコギリの手入れをしているんじゃ。」

「そのノコギリは木を引くんじゃな？」

男はまた昨夜と同じことを聞きました。

年寄りの木こりは男のことを怪しいと思いながら、平静を装って昨夜と同じ答えを返しました。

「そうじゃとも。じゃがな、この三十二枚目の刃は、鬼刃と言って鬼が出て来たら挽き殺すんじゃよ。」と、年寄りの木こりがそう言うと、昨夜と同じように男はすうっと黙ってどこかへ消えていきました。

何やら②気味悪い感じがして、二人は③背筋が④ぞくっとする想いでした。

結果，昨晚的男人又來窺探了。接著他詢問：「你在做什麼？」

「我、我在保養鋸子。」

「那把鋸子是用來鋸樹的嗎？」

男人又問了和昨晚同樣的事情。

年邁樵夫雖然覺得男人的行為很可疑，但還是故作冷靜地回了和昨晚一樣的話。

「那當然。不過，這第三十二片的刀刃叫做鬼刃，遇到鬼怪時，就能用它鋸斷鬼怪的脖子。」年邁樵夫一說完，男人又像昨晚一樣，一聲不響地往某處消失了。

兩人都覺得恐怖、不安，有背脊發涼的感覺。

翌朝、木こり達が木を切っていましたが、固い節の部分があり、中々木を切ることができず、作業が中々進みませんでした。

そして①力任せに木を切っていたら、鬼刃が②ぼっきりと折れてしまいました。

「しまった。鬼刃を折ってしまった。」

二人は暫くの間、顔を見合わせていましたが、このままでは仕方がないので、年寄りの木こりは③一旦村に下り、ノコギリを直すことにしました。

何やら不吉な思いがしたので、若い木こりにも一緒に村へ下りないかと誘ってみましたが、若い木こりは④面倒くさがって断りました。

◆字

① 力任せ…竭盡全力、用盡力氣。

② ぼっきり…（折斷聲）咔嚓的聲音。

③ 一旦…①一旦、既然。②暫時、姑且。在此為②的意思。

④ 面倒くさがる…覺得麻煩。

◆句

○ 顔を見合わせる…互相對看、彼此面面相覷。

○ 仕方がない…沒有辦法、沒有法子、沒有用。

隔天早上，樵夫們照常鋸樹，但是鋸到堅硬的木節部分，怎麼鋸也鋸不斷，導致作業遲遲沒有進展。

接著用盡全力一鋸，鋸子上的鬼刃就喀嚓一聲被折斷了。

「遭了！鬼刃斷掉了！」

兩人互看了一會兒，但這樣下去也不是辦法，所以年邁樵夫決定暫時下山，回村修理鋸子。

年邁樵夫隱約有一股不祥的預感，所以他也邀了年輕樵夫一同下山，但年輕樵夫覺得麻煩，於是拒絕了。

そして一人になった若い木こりは早い時間から小屋で酒を飲んでいました。

すると、また昨夜の男が覗いていました。

「何をしておるんじゃ？今夜は一人じゃ？どうしたんじゃ？」

「ノコギリの鬼刃が①欠けてしまってな。村まで直しに行ったんじゃよ。」

「今夜は鬼刃は無いんじゃな？鬼を挽き殺す鬼刃は無いんじゃな？」

男はそう言いながら、小屋の中へ②ぬうっと入ってきました。

若い木こりは怖くなり、窓から③逃げ出しましたが、男は大きな体となり、小屋を壊してしまいました。

そして若い木こりを追い掛けました。

◆字

① 欠ける…①有了缺角、缺口。②不足、缺額。在此為①的意思。

② ぬうっと…形容突然出現的様子。

③ 逃げ出す…逃出去。

於是，落單一人的年輕樵夫，很早便開始待在小屋裡喝酒。

結果，昨晚的男人又來窺探了。

「你在做什麼？今天晚上只有你一個人嗎？發生什麼事了？」

「鋸子上欠缺了鬼刃。所以他回村子去修理了。」

「今天晚上就沒有鬼刃了嗎？沒有鋸鬼的鬼刃了嗎？」

男人一邊說著，突然走進小屋裡。

年輕樵夫開始感到害怕，從窗戶逃出去了，但是男人的身體卻變得很大，把小屋撐壞了。

接著，他開始追逐年輕樵夫。

若い木こりは辺り①構わず逃げ、そして淵まで来ました。

もうこれ以上逃げられなくなってしまい途方に暮れていたら、大きな体がやがて姿を②現し、気が付いたら若い木こりは淵の中に追いやられ、そして淵の中に③沈められてしまいました。

年輕樵夫不顧一切地逃跑，隨後來到潭邊。

當年輕樵夫無處可逃，陷入絕境時，龐大的身軀隨即現身，等到回過神來，年輕樵夫已經被追進潭水之中，不久後便沉入潭裡了。

◆ 字

① 構わず：不管、不在乎、不介意。這裡指隨意的、不管方向的。

② 現す：出現。

③ 沈める：使沉沒、使沉下去了。

◆ 句

○ 追いやられる：①被追趕至某處。②被逼迫到窘境。在此為①的意思。

次の日、ノコギリの修理を終えた年寄りの木こりが山に戻る為に歩いていましたら、淵のそばに若い木こりの着物が①ぷかぷかと浮いていました。「しまった。牛鬼に②やられてしまったのか。」年寄りの木こりは若い木こりを一人小屋に残してしまったことを後悔しました。

牛鬼は確かにいたのです。牛鬼は月の明るい晩には決まって「うぉーん、うぉーん。」と悲しげに鳴くのだそうです。

隔天，年邁樵夫把鋸子修好後，走在回到山裡的路上時，在潭邊看到年輕樵夫的衣物輕飄飄地浮在水面上。「慘了。該不會遭到牛鬼的毒手了吧？」年邁樵夫很後悔把年輕樵夫一個人留在小屋。

牛鬼的存在是千真萬確的事實。據說牛鬼每到月色明亮的夜晚，一定會發出「嗚……嗚……。」的悲鳴聲。

◆ 字

① ぷかぷか：①吐霧般地。②漂浮在水上。在此為②的意思。

② やられる：①遭受到危害。②被抓住弱點。③被迷惑。在此為①的意思。

牛鬼確實存在？

相傳牛鬼是個非常殘忍、會吐出毒液、吞食人類的怪物。主要出沒於日本中西部地區，不僅是怪談中提到的三重縣伊勢，在和歌山縣、岡山縣，甚至連九州地區也都有牛鬼的傳說，對牛鬼的外型，更有以下兩種說法：

一、牛頭鬼身

二、牛頭蜘蛛身

除了口耳相傳的怪談和傳說外，甚至有證明牛鬼存在的三大證物！

第一證物　牛鬼的頭蓋骨

德島縣阿南市的賀島家，祭祀著牛鬼的頭蓋骨。相傳在江戶時代，賀島家的祖先受當地居民之託討伐牛鬼，打敗牛鬼後將其首級帶回裝飾於家門前，之後又安置於家中的小祭壇裡，一直流傳到現在。

第二證物　牛鬼的牛角

香川縣的根香寺裡，藏有牛鬼的牛角，以及繪有牛鬼的掛軸。在江戶時代初期，因牛鬼不斷擾亂村莊，不堪其擾的村民們拜託射箭名人山田藏人高清去討伐牛鬼，牛鬼死後將角取下，目前仍奉於根香寺中，但無公開展示。

第三證物　牛鬼的手

福岡縣的觀音寺裡，藏有牛鬼的手。在平安時代，牛鬼突然現身，為平息村民的不安，觀音寺的住持便手拿寶劍討伐牛鬼，討伐成功後，牛鬼的頭部送至京都，耳朵埋在附近的山上，而手則保留在寺內，但無公開展示。

以上三個證物，雖然只有牛鬼的頭蓋骨還有機會親眼目睹，但這些證物確實替牛鬼的傳說增添了不少真實性，或許在我們沈睡時，牛鬼正悄悄地在黑夜中伺機而動呢！

メモ

メモ

メモ

メモ

メモ

メモ

日語閱讀越聽越上手：日本經典怪談/北田夏己作；
藍嘉楹譯. -- 二版. -- 臺北市：笛藤出版, 2021.06
　　面；　公分
彩圖版
ISBN 978-957-710-823-4(平裝)

1.日語 2.讀本

803.18　　　　　　　　　　110009565

大本彩圖版

日語閱讀越聽越上手

中日對照　單字註釋　朗讀MP3

日本經典怪談

2021年6月29日　初版第1刷　定價380元

著　　　者	北田夏己	
譯　　　者	藍嘉楹	
插　　　畫	九子	
編　　　輯	洪儀庭‧楊昆岱‧陳思穎‧黎虹君‧陳亭安	
編輯協力	立石悠佳‧張秀慧‧楊淨瑜	
錄　　　音	須永賢一‧仁平美穗‧柳本真理子‧陳進益‧盧敘榮	
封面設計	王舒玗	
內頁設計	王舒玗	
總編輯	賴巧凌	
編輯企畫	笛藤出版	
發行所	八方出版股份有限公司	
發行人	林建仲	
地　　　址	台北市中山區長安東路二段171號3樓3室	
電　　　話	(02) 2777-3682	
傳　　　真	(02) 2777-3672	
總經銷	聯合發行股份有限公司	
地　　　址	新北市新店區寶橋路235巷6弄6號2樓	
電　　　話	(02)2917-8022‧(02)2917-8042	
製版廠	造極彩色印刷製版股份有限公司	
地　　　址	新北市中和區中山路二段380巷7號1樓	
電　　　話	(02)2240-0333‧(02)2248-3904	
印刷廠	皇甫彩藝印刷股份有限公司	
地　　　址	新北市中和區中正路988巷10號	
郵撥帳戶	八方出版股份有限公司	
郵撥帳號	19809050	